**BEN COSTA & JAMES PARKS**

# A ESCOLA DE AVENTUREIROS

### A FÚRIA DOS EXILADOS

COPYRIGHT © 2023 BY BEN COSTA AND JAMES PARKS
COPYRIGHT © DUNGEONEER ADVENTURES 2: WRATH OF THE EXILES
COPYRIGHT © FARO EDITORIAL, 2024

Todos os direitos reservados.
Nenhuma parte deste livro pode ser reproduzida sob quaisquer meios existentes sem autorização por escrito do editor.
Milkshakespeare é um selo da Faro Editorial.

Diretor editorial **PEDRO ALMEIDA**
Coordenação editorial **CARLA SACRATO**
Assistente editorial **LETÍCIA CANEVER**
Preparação **TUCA FARIA**
Revisão **ANA PAULA SANTOS E CRIS NEGRÃO**
Adaptação de capa e diagramação **REBECCA BARBOZA**
Capa e design interior **DAN POTASH E MIKE ROSAMILIA**

Dados Internacionais de Catalogação na Publicação (CIP)
Jéssica de Oliveira Molinari CRB-8/9852

Costa, Ben
A escola de aventureiros : a fúria dos exilados / Ben Costa, James Parks ; tradução de Adriana Krainski.-- São Paulo : Faro Editorial, 2024.
288 p. : il.

ISBN 978-65-5957-448-3
Título original: Dungeoneer Adventures 2: The wrath of the exiles

1. Literatura infantojuvenil norte-americana I. Título II. Parks, James III. Krainski, Adriana

23-5621 CDD 025.8

Índices para catálogo sistemático:
1. Literatura infantojuvenil norte-americana

FARO EDITORIAL

1ª edição brasileira: 2024
Direitos de edição em língua portuguesa, para o Brasil, adquiridos por FARO EDITORIAL.

Avenida Andrômeda, 885 — Sala 310
Alphaville — Barueri — SP — Brasil
CEP: 06473-000
www.faroeditorial.com.br

# A ESCOLA DE AVENTUREIROS

## A FÚRIA DOS EXILADOS

TRADUÇÃO:
ADRIANA KRAINSKI

CAPÍTULO

# 1

Aqui vai uma charada para você: o que é *fácil* de entrar, mas *difícil* de sair?
　　　Alguma ideia?
Não?
Desiste?
...
　　Calma, você não achou que EU teria a resposta, né? Porque eu estou LASCADO!
　　Bom, nós *todos* estamos lascados (e por um bom motivo). Sabe, é difícil raciocinar direito quando as pedras em que você está se equilibrando estão desmoronando debaixo dos seus pés a cada resposta errada que você dá, e você está prestes a cair em um abismo escuro e profundo.
　　Eu já contei que charadas fazem o meu cérebro doer?
　　— Fácil de entrar e difícil de sair… já sei! — Mindy afirmou. — Um beliche? Uma canoa?
　　— Não, não, não — Oggie discorda. — Canoa? Não pode ser.
　　— Como é que você sabe? — Mindy retruca.
　　— Porque eu sei!
Daz assopra para cima para tirar a franja do olho.
　　— Bom, é a melhor resposta que temos.
　　— Uma canoa! — Mindy grita, e as palavras dela ecoam.
Imediatamente, outras pedras que estavam debaixo dos nossos pés começam a cair na escuridão lá embaixo.

 Remexendo os pés para tentar manter o equilíbrio, eu me lembro de como fui ingênuo no final do semestre passado. Coop Cooperson, bobinho como sempre, achou que a vida na Escola de Aventureiros ficaria um pouquinho mais fácil depois de termos ganhado a medalha de aventureiros mirins. Sei lá, achei que o Time Verde tivesse pegado o jeito das coisas e conseguisse dar conta de qualquer coisa que surgisse pelo caminho. Poxa, nós derrotamos o Zaraknarau e acabamos com os planos malignos dos exilados. O que poderia ser mais difícil do que isso?

Sim, isso mesmo que você imaginou: charadas.

Eu preferiria fazer qualquer outra coisa a responder charadas. Eu preferiria ter que brandir a minha espada na cara de uma aranha gigante e assustadora a ter que resolver essas charadas que reviram minha cabeça, torcem meu cérebro, cozinham meus neurônios e me tiram completamente do sério!

Ops. Desculpe... Onde estávamos? Ah, sim, claro. Eu estava me segurando para tentar não morrer.

— Deve ser uma coisa mais abstrata — Oggie sugere, agarrando-se na parede com suas mãozonas peludas. — Tipo um conceito, sabe, e não um objeto.

— Ahm... que história é essa, Og? — eu perguntei, surpreso ao ouvir palavras tão sábias.

— Afffff! — Mindy solta um gritinho, frustrada. — Eu odeio charadas! Meu cérebro não funciona assim!

— Nem me fale! — respondi.

— Bom, é melhor vocês colocarem o cérebro para funcionar, e bem rápido, ou vamos ter um grande problema.

— Espera... é isso — Oggie sussurra.

— É isso o quê? — eu perguntei, sentindo o pé escorregar.

De repente, ouvimos um clique barulhento, e a parede na qual estamos agarrados despenca para trás, batendo contra a terra firme e deixando uma nuvem de poeira. E assim todos nós vamos parar dentro de um corredor escuro feito de pedras.

— Problema? Olha só! — eu grito. — Dá para acreditar que era essa a resposta?

É verdade, fácil de entrar e difícil de sair, sem dúvida. Que ironia... Quem pensou nessa charada com certeza foi alguém muito esperto!

— Não podemos perder tempo! — eu afirmo.

Logo, a poeira abaixa e conseguimos ver degraus de pedras partidas que levam a outro espaço, iluminado por lampiões enfileirados. Descemos os degraus com cuidado e vemos as nossas sombras projetadas na parede.

# DUMMMMM!

Ah, claro, o som que diz "problema à vista"! Uma porta gigantesca de pedra bate com tudo e fecha atrás de nós, apagando as luzes dos lampiões. O lugar fica completamente escuro. Mas, antes que a Mindy pudesse pensar em acender uma tocha, um par de olhos azuis brilhantes aparece em uma parede distante, mostrando uma cabeça de pedra sorridente.

Com um estalido faiscante, a luz azul revira dentro da cavidade do olho do Mestre de Charadas e a cabeça de pedra gira, mostrando um rosto mais sério e sisudo.

— Vocês têm três chances… e três minutos. Prestem bastante atenção.

A cada palavra que parecia explodir em nossa direção, sentíamos um calor e um cheiro de enxofre que praticamente queimava a minha sobrancelha.

Os olhos do Mestre de Charadas brilham, em expectativa, enquanto eu me viro para os meus amigos. Todo mundo coloca a cabeça para funcionar para tentar propor uma pérola de sabedoria, a resposta que nos livraria daquela situação desesperadora.

Depois de anotar a charada em um pedaço de papel, Mindy começa a morder furiosamente a ponta do lápis. A mente dela tenta processar tudo tão rápido que seus óculos chegam a embaçar. Daz anda para lá e para cá, apertando o nariz, franzindo a testa e dando soquinhos na própria mão. E Oggie... nossa, nunca o vi tão pensativo assim. Ele esfrega tanto os pelos do queixo que acaba deixando uma parte careca.

E eu suo tanto que preciso usar o meu lenço verde para me secar e não deixar que as gotas de suor ardidas pinguem em meu olho. Mas mesmo girando todos os parafusos e engrenagens em minha cabeça, não consigo pensar em nada!

Você pode me ganhar, mas não pode pegar? Você pode me construir e me quebrar? Estou completamente PERDIDO!

— FALTAM DOIS MINUTOS! — o Mestre de Charadas berra.

— Já passou um minuto?! — Entro em pânico. — Eu podia jurar que só fazia alguns segundos! Alguém sabe a resposta?

— Se eu for nutrido, fico forte. Se eu for perdido, vai ser difícil me recuperar — Mindy murmura. E então, em um rompante de empolgação, ela grita a plenos pulmões: — Já sei!... TEMPO!

— ERRADO! — grita o Mestre de Charadas. — Só mais duas chances.

Todos nós nos viramos para Mindy com cara de desaprovação.

— Não saia falando qualquer coisa — Daz a repreende. — Precisamos trabalhar juntos.

— *Tempo*? Sério mesmo? — Oggie zomba. — Todo mundo sempre acha que "tempo" é a resposta de qualquer charada. Não dá para construir e quebrar o tempo, Mindy...

Mindy levanta os óculos, nervosa. Ela não está acostumada a errar.

— Ei, amigos, se acalmem. Princípio número nove do Código do Aventureiro: cabeça fria sempre vence. Lembram?

— Tá, Coop, mas fui eu que pensei em "problema". Só que vocês três não me ouvem — queixou-se Oggie.

— FALTA UM MINUTO!

— Ouviram? Esqueçam a charada do problema — Daz implora.

— Olha, e se a resposta for… um castelo? Que tal? Dá para construir e quebrar. Fica mais forte com guardas e armas! E se for perdido em uma batalha, é difícil de recuperar!

Oggie balança a cabeça.

— Não, não é isso.

— Calma, acho que Daz está no caminho certo. Um castelo! É uma ótima resposta — eu digo.

Daz sorri para mim e se vira para o Mestre de Charadas.

— Castelo! — ela grita.

Dessa vez, a cabeça de pedra do Mestre de Charadas se vira e mostra um rosto ameaçador e diabólico, com uma expressão carrancuda.

Eita! Agora o pânico bateu de verdade. O tempo está acabando e precisamos pensar em alguma coisa! Eu achei mesmo que "castelo" era a resposta. Fazia todo o sentido.

E foi então que a ficha caiu. Como um raio iluminando o meu cérebro, eu pensei na resposta perfeita.

Triunfante, encaro o Mestre de Charadas e estufo o peito. Talvez eu seja, sim, bom de charadas. Por um segundo, achei que estava tudo perdido, mas como diz o princípio número sete do Código do Aventureiro: todo problema tem uma solução. Você só precisa insistir e trabalhar duro. Às vezes o processo pode ser tão agradável quanto ficar batendo a cabeça na parede, mas trabalhando em equipe, tudo é possível.

— DEZ SEGUNDOS — o Mestre de Charadas solta seu vozeirão retumbante. — NOVE, OITO...

E então, com toda a confiança do mundo, eu digo a resposta:

— Poder.

Por um momento, a cabeça de pedra do Mestre de Charadas começa a girar. E quando eu acho que vai parar na cara sorridente e dizer que a minha resposta está certa, a cabeça do Mestre de Charadas gira de novo e para na carranca horrorosa.

A cabeça de pedra do Mestre de Charadas começa a sacudir violentamente e seus olhos ardem com um fogo azul.
— Tem alguma coisa acontecendo! — Mindy grita.
— Eu sabia — Oggie choraminga. — A resposta era confiança! Mas nenhum de vocês me ouve!

— Abaixem-se! — Daz grita.

E então, ouço um som que faz meu cérebro chacoalhar mais do que uma charada, como um **BADUM!** molhado. Nós todos vamos parar no chão quando a boca do Mestre de Charadas explode e solta uma coisa quente e melequenta…

CAPÍTULO
# 2

**P**ingando litros de *slime* azul gosmento, eu limpo a meleca da cara a tempo de ver os olhos azuis e brilhantes do Mestre de Charadas ficarem escuros. Depois de ouvir um sonoro *clec* e um chiado que mais parecia um choro, o guardião de pedra franze o rosto em silêncio. Que ótimo, mais um fracasso humilhante para colocar no bom e velho diário de aventuras.

**SPLAT!** Daz tenta se levantar, mas escorrega e cai de cara em uma poça de gosma azul. Mindy e Oggie vão pisando no *slime*, **SQUISH SQUISH SQUISH**, e tentam dar uma força para Daz se levantar. A cena é caótica e todo mundo está meio nervoso. A única coisa que consigo dizer é:

— Bom… podia ter sido melhor…

E quando achei que a situação não tinha como ficar mais humilhante, ouvi uma voz bem conhecida berrando do outro lado da sala.

— Parece que o Time Verde ficou azul!

O treinador Quag, um bicho-papão grandalhão, surge de repente detrás da parede de observação do ginásio de treinamento. Ele passa a mãozona pelo cabelo, cortado em estilo militar, e usa a prancheta para apontar para a gente.

— Vocês não estudaram, né?

Piscando para tentar nos livrar de nossas máscaras de *slime* azul, olhamos frustrados uns para os outros. O pior é que nós estudamos. Pra caramba! Todas as noites! Às vezes até perdíamos o recreio. Não é culpa nossa se a aula de Runas e Enigmas é impossível… Na verdade, quando estou prestes a me manifestar para me defender, ouço Zeek e Axel caindo na gargalhada.

Você deve estar se perguntando: *por que tem tanta gente nova este ano?* Bom, a Escola de Aventureiros é bem difícil. Nem todos conseguem passar para o próximo nível. Não sei se você lembra, mas eu mesmo não sabia se conseguiria ganhar a minha medalha de Aventureiro Mirim. Algo me diz que este ano não será diferente.

— Quietos! — O treinador Quag assopra o apito e olha para a turma com cara feia. Então, ele se aproxima, com uma expressão meio decepcionada que me bota medo. — Não é possível, Time Verde. Vocês são melhores do que isso. Se não estudarem, não tem como saber a resposta, não é?

Foi então que o professor Scrumpledink entrou na conversa:

— Pelo contRRRáRRRio, senhoRRR Quag!

Eu nem cheguei a vê-lo, mas lá estava ele, um bogolisco baixinho, vestindo uma túnica maior do que ele, com uma barba enorme e um brilho sinistro no olhar. O professor Scrumpledink tem uma certa fama. Ou eu deveria dizer uma má fama? Runas e Enigmas é considerada a matéria MAIS DIFÍCIL na Escola de Aventureiros! É tão difícil que até Mindy tem dificuldade para tirar notas boas nas provas.

PROFESSOR SCRUMPLEDINK

Na aula de Runas e Enigmas, não basta estudaRRR para aceRRRtaRRR as respostas!

Na aula de Runas e Enigmas, vocês pRRRecisam de uma estRRRatégia e de bom raciocínio paRRRa chegaRRR às conclusões ceRRRtas.

A bengala é sua marca registrada.

Livro gigante de enigmas.

Barba maior do que ele.

A turma toda revirou os olhos. Se todos estiverem pensando a mesma coisa que eu, devem estar se perguntando qual é a diferença entre "resposta" e "conclusão". Não é a mesma coisa?

Scrumpledink mexe no bigode e segue a aula:

— ChaRRRadas não são apenas matéRRRia de livRRRos, sabiam? ChaRRRadas são um dos obstáculos mais peRRRigosos que vocês podem encontraRRR e devem seRRR RRResolvidas usando a inteligência e as inteRRRpRRRetações pessoais de suas expeRRRiências!

— Interpretações de nossas experiências? — Fiquei intrigado e deixei a pergunta escapar em voz alta.

— É isso mesmo, CoopeRRRson. — O professor Scrumpledink sorri, bate a bengala no chão e a bolinha prateada na ponta se acende por um instante. — Então, em vez de estudaRRR em livRRRos de chaRRRadas empoeiRRRados na tentativa de achaRRR as RRRespostas de todas as chaRRRadas do mundo, estudem o mundo ao redor de vocês. Dediquem-se. Busquem alusões, duplos sentidos e significados ocultos. ConcentRRRem-se no que a chaRRRada pode significaRRR não apenas paRRRa vocês, mas paRRRa o MestRRRe de ChaRRRadas.

— Sim, professor — eu digo, sem entender direito o que ele está dizendo.

Mas Oggie parece entender.

— Vocês deveriam ter me ouvido. Pior: vocês deveriam ter CONFIADO em mim, sabiam? — Oggie se vira e cruza os braços, dando um sorrisinho impertinente.

Mindy resmunga, revirando os olhos.

— O que foi? A resposta era confiança! — Oggie franze a testa. — Vocês nunca me escutam. Charadas não passam de quebra-cabeças, Mindy. Mas em vez de formas e cores, é preciso encaixar as ideias. Aquela coisa de metáfora, entende?

— Desculpe, Og — eu respondo, tentando tirar a crosta de *slime* que se formou no meu rosto.

— Tranquilo, cara. Da próxima vez nós vamos acertar. Mas que tal vocês me ouvirem? — Oggie nos dá um tapinha nas costas com a mão melequenta, e Mindy e Daz sorriem do jeito mais desanimado do mundo.

— Não se cobRRRe tanto, Time VeRRRde — diz Scrumpledink, girando sua bengala bem despreocupado. — Vocês teRRRão muito tempo antes da pRRRova final.

Ah, claro, eu quase me esqueci do outro garoto novo da escola: o Kody Allbright. Para todos os efeitos, um sujeito muito descolado. Todo mundo parece se dar bem com ele. Até Daz. Oggie acha Kody incrível, e Mindy fica admirada com a inteligência dele nas aulas. Sim, Kody é bom, admito. Poxa, olha só para ele. Como é que alguém pode não gostar de um sujeito assim?

O treinador Quag vai até a linha de largada do Desafio Simulado de Runas e Enigmas.

— Preparar, apontar... **FUUUUUUUIM!**

Ouvimos o som estridente do apito do treinador, e o Time Azul sai em disparada enquanto nós corremos para nos amontoar na sala de observação, para assisti-los em uma tela periscópica enorme.

Vemos a explosão de energia de Kody, que abre caminho para o Time Azul subir uma escada em espiral que leva à câmara onde eu, Oggie, Mindy e Daz quase acabamos de perder a vida. Só que agora o chão de pedras está inteiro de novo, depois de ter sido remontado automaticamente em questão de poucos minutos.

No centro da sala, uma caixinha de metal solta um estalido, e um pedaço de papel sai por uma abertura estreita na tampa. Kody pega o papel e lê em voz alta.

E, simples assim, a porta para a próxima sala se abre. Uau. Essa foi rápida! E nenhuma pedra rachou no chão. Kody não é só bom. Ele é MUITO bom. Tranquilamente, o Time Azul cruza a porta e vai para o próximo desafio.

— Vocês viram isso? — Oggie me dá uma cotovelada, todo animado.

— Como eu não veria? —pergunto.

— Impressionante. — Os olhos de Daz ficam arregalados.

— Quietos! Eles estão indo para a última sala! — Mindy abana a mão.

Vemos a segunda sala ficar escura e, de repente, os olhos do Mestre de Charadas começam a brilhar. Arnie, Fidget e Melanie D. se olham, se escondendo atrás de Kody.

— Se eu os tenho, não os divido — o Mestre de Charadas fala, com seu vozeirão ameaçador. — Pois se os divido, para sempre serão perdidos. — Vem então uma longa pausa antes da conclusão: — O que *eles* são?

À minha volta, ouço meus colegas tentando adivinhar a resposta, enquanto todos mantêm os olhos colados no Time Azul na tela. Arnie e Fidget andam de um lado para o outro enquanto Melanie D. esfrega as mãos.

— Alguém sabe o que é? — Oggie pergunta.

— Não tenho nem ideia… — Daz responde.

— Poxa, essa é difícil — Mindy lamenta.

Os sussurros são interrompidos por Kody, que dá um passo à frente, confiante.

Os olhos do Mestre de Charadas brilham. *Ops,* eu penso. *Preparem-se para a chuva de meleca!* E aí a sala começa a tremer, e eu fico feliz por estar do outro lado da parede de observação desta vez. O Mestre de Charadas solta sua voz grave e profunda, vociferando:

— CORRETO!

Por um momento, a sala toda fica sem acreditar no que ouve até que, de repente, todo mundo começa a comemorar. Kody é incrível mesmo!

— Fala sério! — Mindy balbucia.

— Não creio! — Daz grita. — Eu nunca pensaria em *segredos*!

— Kody arrasou! — Oggie exclama, dando pulinhos.

— AdmiRRRável! — Scrumpledink bate palmas furiosamente, e seus oculozinhos se movem de um lado para o outro. — Que espetáculo! Em meus tempos de escola, nunca vi ninguém tão calmo, tRRRanquilo e seRRReno. E que sagacidade! Bom tRRRabalho, Time Azul. Especialmente o senhoRRR Kody!

— Nada mal, crianças — o treinador Quag admite. E, vindo dele, isso é como se ele estivesse carregando Kody nos ombros e desfilando com ele pela escola.

— E aí, toca aqui, Kody! — Oggie diz, erguendo a mão. — Aquilo foi incrível, cara!

— Oggão! — Kody cumprimenta Oggie, todo animado. — Você também não se saiu mal. Se seu amigo Coop tivesse ouvido o que você disse...

Zeek se intromete:

— Pois é, cara! Coop nunca ouve! Desde o Labirinto de Cogumelos, ele tá se achando o tal. — Zeek olha para mim e sorri, desdenhando, com aqueles dentes afiados.

— Não é verdade — eu retruco.

— Além disso — Zeek diz, estufando o peito —, Coop nunca teria saído de lá vivo se não fosse por mim.

— Aham, claro... — Oggie me defende. — Foi Coop que derrotou o Zaraknarau e derrotou Dorian Ryder.

— Peraí, foi você? — Kody arregalou os olhos, surpreso.

— Não fui só eu — respondi. — Foi todo o Time Verde.

Zeek está prestes a retrucar, quando Axel diz:

— Você sabe que é verdade, cara...

— Cala a boca, Axel — Zeek dispara. — Ninguém perguntou para você.

— Só estou falando — Axel resmunga.

— Que se dane! — Zeek estoura. — Faço questão de que o Time Vermelho acabe com seu timezinho verde patético para provar que somos melhores. Aliás, cadê Ingrid e Doogle? — Zeek olha em volta.

Ingrid (a garota nova de quem eu falei agorinha há pouco) dá um passo tímido e se aproxima.

— Tô aqui, Zeek.

— Venha, Ingrid. Mostre sua fidelidade ao time! — Zeek sai bufando e batendo os pés.

— Tá-tá bom — Ingrid diz, em voz baixa. — Vamos acabar com eles.

Acabar com eles? Isso não é nadinha ameaçador.

25

Infelizmente (para Ingrid Inkheart), estar no Time Vermelho já é meio que um ponto negativo para ela. Mas, bom, a gente não pode escolher o time em que fica, então vou pegar leve com ela por ter que se aliar a Zeek e a Axel.

Mas ela não é lá supersimpática. Na verdade, ela é meio sinistra e caladona. E não que eu goste de fofoca, mas é que Eevie Munson, do Time Amarelo, contou a Arnie Popplemoose, do Time Azul, que contou para Mindy, que contou para mim, que há um boato rolando por aí de que a Ingrid é uma bruxa. Você leu bem. Uma BRUXA de verdade. Daquele tipo com caldeirões, poções e um montão de problemas. Mindy disse que ouviu dizer que Ingrid chegou a transformar um dos professores da antiga escola dela em sapo! Não sei se acredito nisso, mas tenho que admitir que ela é um pouquinho medonha mesmo.

— Então, pessoal! — o professor Scrumpledink grita, pulando em cima de um caixote de equipamentos para ficar de nossa altura. Afinal, ele tem mais ou menos a altura de seis maçãs empilhadas.

— PRRRestem atenção!

O treinador Quag, nosso bom e velho inspetor da Escola de Aventureiros, passa examinando todo mundo, balançando a prancheta.

— Já chega de brincadeiras! Escutem! O professor está falando!

O professor Scrumpledink ajeita a barba e os óculos.

— Como vocês sabem, o teste final de Runas e Enigmas não seRRRá apenas sobRRRe enigmas. — O velho bogolisco faz uma pausa e coça o bigode. — Também teRRRemos RRRunas. Então, estudem paRRRA a aula da pRRRóxima semana. Estudem o livRRRO de runas.

— Ah, não, runas não — eu resmungo sozinho.

Poxa, fala sério! Eu aqui, todo preocupado com os enigmas e agora ainda tenho que encarar as runas. Runas são ainda mais difíceis de decifrar! E se você não sabe o que é isso, eu explico: são esses simbolozinhos estranhos que, segundo Scrumpledink, podem evocar antigas formas de magia!

Parece legal na teoria, né? Mas lembrar de como essas coisas se combinam é quase impossível! Eu não consigo entender toda essa empolgação do professor. Na verdade, minha cabeça dói só de pensar em ter que estudar mais. Quando é que esse pesadelo de Runas e Enigmas vai acabar?

A turma toda solta um lamento coletivo, e então o treinador Quag dá um passo à frente e apita tão alto que meu ouvido fica zumbindo.

## FUUUUUUU!

Certo! Vocês ouviram o professor! A turma está dispensada. Para o chuveiro, Cooperson. Parece que você levou uma espirrada de um...

De repente, o treinador Quag pisa em uma poça de *slime* azul acumulada bem na frente de meus pés e escorrega. Coberto de cima a baixo com a gosma, ele desliza de bunda pela sala e vai parar na parede.

CAPÍTULO

# 3

— Oggie, meu amigo, você só pode estar de sacanagem! — eu exclamo. — Runas e Enigmas? Moleza?

— É — Oggie diz, despreocupado, engolindo seu sanduíche de tubaligre em uma só mordida. — Mesmo depois da bomba que levamos no treinamento de hoje, estou mandando muito bem nessa matéria!

Oggie deve ser, tipo, um gênio das charadas. Ouso até dizer: um Mestre de Charadas. Caramba, e eu aqui surtando e prestes a ser reprovado nessa matéria. Infelizmente, não estou exagerando. Tirei uma nota 6 em Runas e Enigmas. E estou me saindo bem mais ou menos na aula de Alquimia da professora Clementine.

Mas essa nem é a pior parte. O pior é que eu ainda nem falei para minha família que estou indo mal nas aulas este ano. Depois do sucesso do Time Verde no Labirinto de Cogumelos, como eu poderia? Passei o verão em casa, e minha família me tratou como um herói. Nunca recebi tantas piscadinhas carinhosas de minha mãe, olhares de adoração de meus irmãos e até vários tapinhas nas costas do tipo "este é o meu garoto" de meu pai. É tão nítido que eles estão muito orgulhosos, então acho que eu simplesmente não tenho coragem de contar para eles que as vitórias de meu primeiro ano talvez não tenham passado de um grande acaso.

— Calma lá... — Mindy balbucia, ainda sem conseguir mudar de assunto. — Você está mandando bem na matéria? Como isso é possível? Eu nunca estudei tanto na vida quanto estou estudando agora e mal consigo tirar 7!

Oggie chupa o restinho do suco fazendo um barulhão.

— Acho que tem gente que tem cabeça para isso, sabe? Como o grande professor Scrumpledink disse, não dá para encontrar todas as respostas em um livro de enigmas. Você precisa de estratégia, de raciocínio. É assim que vai conseguir chegar à resposta certa.

Não conseguimos controlar os resmungos ao ouvir Oggie vomitando aquelas palavras misteriosas do professor Scrumpledink. Derrotada, Mindy afunda o rosto no livro aberto em cima da mesa e ergue as mãos.

— O que eu fiz para merecer isso? — ela resmunga, dramática.

— Já chega de Runas e Enigmas. — Daz revira os olhos e franze o rosto, dando um sorrisinho. — Mudando de assunto, quem é que vai ao baile de boas-vindas?

**OPS!** Baile de boas-vindas? Caramba! Eu me esqueci completamente! A vida tem andado tão agitada!

É que, no início de cada ano letivo, a Escola de Aventureiros faz uma festona, em que os alunos de todos os anos se reúnem, bebem ponche e dançam. É um evento e tanto. No ano passado, eu fui sozinho e ninguém pareceu notar, mas como alunos do segundo ano... é meio que normal convidar alguém para o baile.

— E então, Coop, e você? — Daz olha bem em meus olhos, e o sanduíche que estou comendo quase fica entalado em minha garganta.

**COF-COF.**

— Eu? Eu o quê?

— Quem você vai convidar para dançar?

Bom, se eu fosse ao baile, na certa gostaria de convidar a Daz. Mas é muita pressão. O que é que eu vou dizer? Passa por minha cabeça um milhão de formas diferentes de fazer o convite, mas não consigo dizer nada e só fico lá, caladão. Eu deveria convidá-la *agora*? Será que tenho coragem de convidar Daz aqui, na frente de todo mundo? Vamos lá, Coop! Você consegue! Lembra que você encarou o Zaraknarau e ficou vivo para contar a história? Fazer um convite não pode ser mais assustador do que isso.

E não é que convidar Daz para o baile de boas-vindas é mesmo mais difícil do que encarar um monstro aracnídeo e cogumélico soltando baba? Quem diria.

— Como assim você não vai? — Oggie pergunta, sem acreditar. — Todo mundo vai! Você seria a única pessoa da escola a não ir. Até os professores vão!

— Coop está certo — Mindy comenta. — Eu tenho coisas mais importantes com que me preocupar do que com uma besteira de um baile. Tirar notas boas está no topo da minha lista de prioridades. Além disso, todo mundo só fica brincando com os próprios dedos ou se encostando nas paredes nessas festas. É uma grande perda de tempo, se vocês querem saber o que eu acho.

Vejo a animação sumir do rosto de Daz enquanto ela brinca com uma migalha de pão caída na mesa.

— Credo, como vocês sabem estragar a diversão dos outros...

— Bom, eu vou, com certeza — Oggie diz, animado. E então ele se inclina e sussurra: — Estou de olho na Melanie S., do Time Amarelo. Só estou esperando pelo momento certo para fazer o convite.

— Ah, tá! Ela nunca iria ao baile com uma bola de pelo gigante feito você!

Nós nos viramos e vemos Zeek e Axel parados, de braços cruzados.

— E quem é que iria ao baile com dois insuportáveis e fedorentos feito vocês dois? — Daz provoca.

Ao ouvir aquilo, os sorrisos dos dois tontos se retorcem e viram uma careta. Eles vêm na nossa direção, com aquele jeitão ameaçador.

— Cuidado com o que você fala, DAZ-MIIIINA! — Zeek zomba.

— É, cuidado aí — Axel repete.

— Não me chame assim, Zeek. — Daz o encara, furiosa.

Eu salto do meu lugar imediatamente e entro no meio deles.

— Ei, qual é, Zeek? Achei que a gente já tinha passado dessa fase de provocação. Poxa, fala sério! Depois de tudo que enfrentamos no Labirinto de Cogumelos... eu não entendo! Parece que você está mais nervosinho.

— Pfff! Os certinhos do Time Verde estão querendo bancar os legaizões ultimamente — Zeek rosna. — Alguém precisa mostrar o lugar de vocês!

Percebo, então, que Axel deve ter passado por um estirão de crescimento no verão, porque, caramba, o cara está bombado! Quantos centímetros ele cresceu? Quando ele me segura com aquelas mãozonas escamosas pela gola da camiseta, eu me arrependo por não ter lidado com a situação de um jeito diferente.

O carinha? O que isso quer dizer? E esse negócio de "não vale a pena"? Achei que isso fosse o que se deveria dizer sobre os provocadores, e não sobre a pessoa que está sendo provocada!

Kody joga a bola para Zeek, que pega e olha em volta, confuso. Ele então ajeita o lenço torto e resmunga:

— É, tá bom, pode ser...

— Ei, Oggão! O que você acha? Tá a fim de jogar um barrobol? — Kody grita.

— Ahm... tá, acho que vai ser legal... Kodão! — Oggie responde.

— Kodão! Gostei! — Kody sorri, animado. — Mais alguém? Daz, quer ser do meu time?

— Beleza, eu posso jogar umas partidas — Daz diz, sorrindo. — Mindy? Coop? — Ela faz um gesto para irmos junto.

Mindy balança a cabeça e bate no livro com um olhar inexpressivo.

— Vão brincar. Eu vou ficar aqui entre Runas e Enigmas.

— Deixa quieto — eu digo, desanimado. — Acho que vou ficar de fora desta vez. Também preciso estudar.

Tá, o que acabou de acontecer aqui?
Sinceramente, não sei bem por que eu não quis ir com eles, mas quando vi Oggie e Daz saindo, senti um superpeso nas costas. Sou só eu que acho ou tem alguma coisa estranha com esse tal de Kody?

— Você fez a escolha certa, Coop — Mindy comenta. — Agora, vamos para os livros.

Então eu olho para o outro lado do pátio e vejo Ingrid olhando fixo para mim, sentada sozinha, comendo um sanduíche bem devagar. Nossos olhares se cruzam por um segundo, e eu sinto um arrepio na espinha. Uma parte minha acha que ela acabou de lançar um feitiço contra mim.

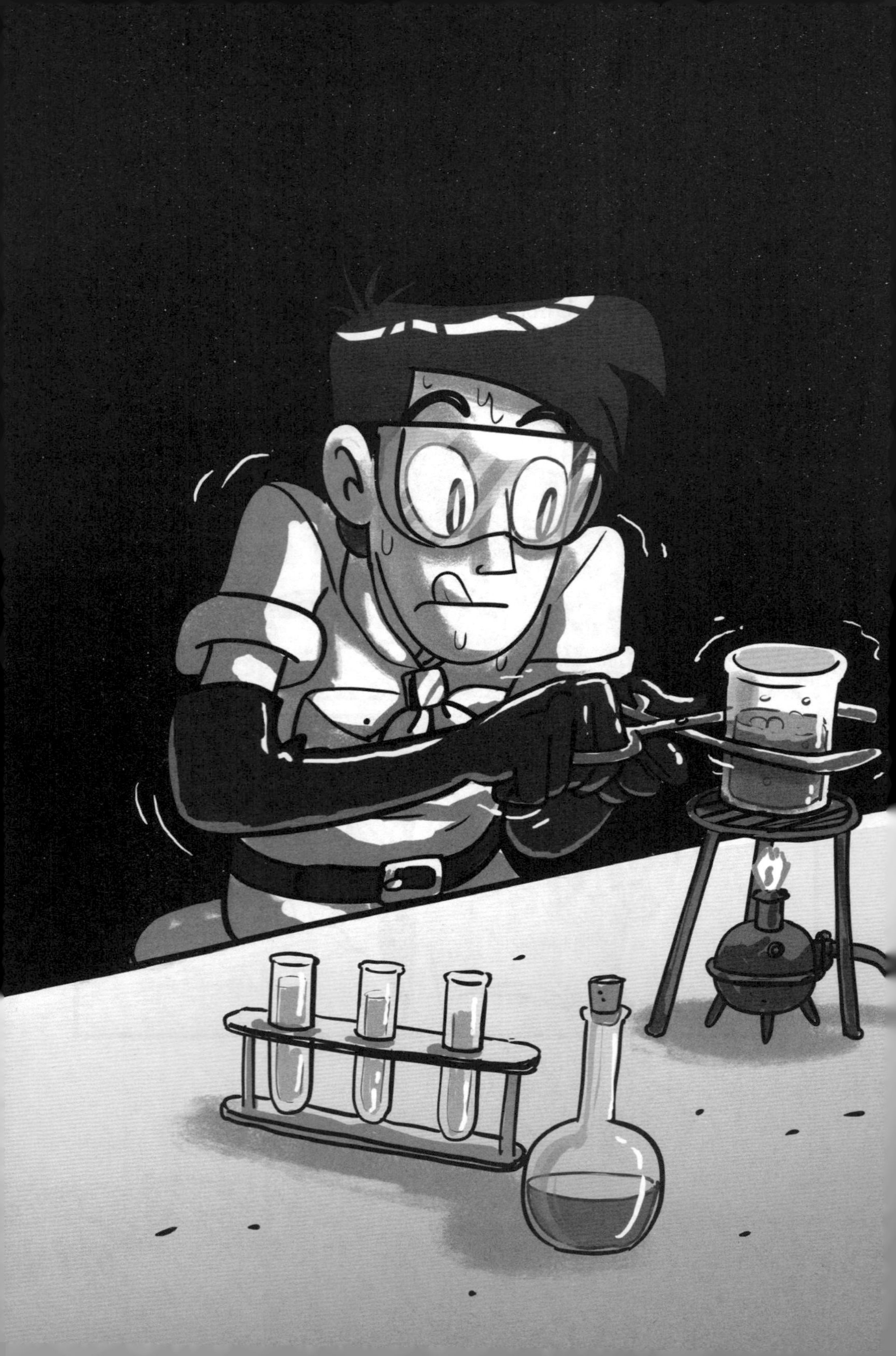

CAPÍTULO

# 4

Aula de Alquimia! Pingando suor, eu ergo com todo o cuidado o frasco da poção que está fervendo lentamente no suporte do queimador, e a chama começa a tremer, furiosa. O líquido borbulhante dança dentro do vidro e, enquanto isso, eu fico mordendo o lábio. Não posso estragar tudo!

Mas é fácil se distrair na aula de Alquimia, ministrada pela professora Clementine. As prateleiras são lotadas de frascos, potes e jarras coloridas, caixinhas minúsculas cheias de ingredientes coletados em todos os cantos da Lamalândia. Ervas das Quedas Gotejantes, raízes da Terra Beira-Rio, flores do Condado do Pardieiro, cristais da Floresta Que Já Era, algas da Praia de Escalavage e até muco dos habitantes do Banhadão! A professora Clementine tem uma coleção inacreditável.

— Lembrem-se de não agitar muito a mistura — diz ela, apertando seu único olho que funciona. Ondas de vapor colorido sobem da amostra de poção que ela está segurando. — Só precisa dar uma giradinha. Basta sacudir o pulso umas três ou quatro vezes para misturar o pó. E, assim que estiver pronto, vamos colocar o próximo ingrediente.

Observo os outros alunos a minha volta, todos superconcentrados. Minha poção não parece com a de mais ninguém. Na verdade, minha poção parece um mingau de aveia velho e tem cheiro de peido de sapo. Nada bom.

Caramba. Onde foi que eu errei?

— Agora, peguem os conta-gotas e pinguem três gotas de extrato de druguênzia nos seus frascos. — A professora Clementine faz a demonstração com o conta-gotas dela. **BLOP BLOP BLOP.** — A druguênzia é uma planta relativamente comum, mas com propriedades medicinais extraordinárias. É uma baga muito poderosa — ela continua falando, e nisso a poção em suas mãos solta uma nuvenzinha de fumaça brilhante, e o líquido de dentro do frasco começa a brilhar, ficando laranja e vermelho.

— E aqui está! Prontinho! Uma poção de coragem! É uma poção famosa por conseguir curar ferimentos leves e aumentar a coragem de qualquer aventureiro nas expedições mais perigosas.

A turma inteira se manifesta, maravilhada.

— Como eu já disse antes, em Alquimia Básica vocês não vão

apenas misturar poções, tônicos e bálsamos. Essa matéria ensina sobre a importância da autoconfiança e da criatividade. Na verdade, o grande Shane Shandar era tão talentoso em Alquimia que uma vez, enquanto estava ilhado nas encostas da Montanha de Escroquelu, conseguiu preparar uma poção que lhe permitiu sair de lá voando.

— Uau! — Oggie solta. — Shane Shandar fez uma poção de fazer voar?

— Fez sim! Foi o que ele usou para escapar de um escroquéu voador muito rabugento. Mas a importância dessa história é que ele manteve a cabeça fria e se lembrou das lições de Alquimia. — A professora Clementine anda de um lado para o outro, lembrando que devemos ser o mais precisos possível. — Não esqueçam, vocês não podem exagerar na dose. Três gotas bastam!

Certo, você consegue, Coop. Só precisa se concentrar!

Tá bom, foi um completo desastre. E aqui estou eu de novo, com mais um tantão de meleca escorrendo pelo meu rosto, na frente da turma toda, que desata a rir. Até a Daz cobre a boca para disfarçar o riso.

— Mandou bem, Cooperson! Então agora quer dizer que você é o rei da meleca? — Zeek berra lá da frente da sala.

Até então, ele se manteve ocupado demais mexendo os ingredientes e se esqueceu de ser um idiota, mas eu acabei de me entregar em uma bandeja de prata, com cobertura de nheca de druguênzia.

— Tá bonito! — Os olhos de Axel estão cheios de lágrimas de tanto rir. — Tá bonito mesmo!

— Já chega, turma! — A professora Clementine se aproxima de mim, cerrando os olhos. — Acho que você exagerou no extrato. E acredito que tenha misturado errado também.

Eu me encolho no banquinho e abaixo a cabeça. De repente, a aula de Runas e Enigmas não parece tão ruim assim.

— Puxa vida. — A professora Clementine para de me dar instruções e se aproxima da mesa de Kody. — Olha, preciso dizer: que trabalho incrível, Kody! — Sua empolgação chama a atenção da turma toda.

A professora Clementine examina a poção de Kody com todo o cuidado.

— Acho que esta é a poção de coragem mais bem misturada e balanceada que já vi um aluno fazer! Observe bem, turma! Olhe para a cor e para a consistência. Que mistura fascinante. Parece até que você já fez isso antes! Shane Shandar ficaria impressionado.

— Mas a aula ainda não acabou, pessoal — a professora Clementine nos informa. — Podemos potencializar nossas poções de coragem se adicionarmos um ingrediente especial e muito raro. Uma poção de coragem aprimorada é um extrato ainda mais poderoso, que pode curar até as lesões mais graves.

Ela coloca a mão no bolso e tira uma chavezinha.

— Espero que todos vocês manuseiem essa substância com o máximo de atenção. Pois, vejam bem, a subflorescência, como esta planta é conhecida, pode ser muito perigosa. Ela chega a ser venenosa. Mas, se misturada com a druguênzia, ela vira uma planta medicinal potente. Eu colhi esta subflorescência na cidade de Thrig há pouco tempo, pensando na aula de hoje. — Com todo o cuidado, ela insere a chave na fechadura de um velho armário pendurado na parede. — Ué, que estranho — murmura para si mesma. — Eu nunca deixo este armário destrancado.

Todos estão fazendo bagunça, sem prestar atenção, mas eu fico de olhos colados na professora Clementine. Quando ela se vira, dá para ver a surpresa em seu rosto.

— A subflorescência sumiu — ela afirma, incrédula. — Imagino que ninguém aqui saiba nada sobre isso, não é? — A professora Clementine vai direto até a mesa de Zeek e Axel e fica encarando os dois.

— O que foi? Nem olhe para a gente! — Zeek zomba. O susto dele logo se transforma em um sorriso azedo e ameaçador. — Profe, se eu fosse você, daria uma olhada na mesa da Ingrid. Ela deve ter roubado a planta pra colocar naquele caldeirão medonho dela.

Alguns alunos da sala começam a rir, o suficiente para Zeek ficar com a bola cheia por causa da atenção.

— Qual é? Não vai dizer nada? — Zeek zomba de Ingrid, que se mantém em silêncio absoluto. — Estou brincando com você.

Bem séria, Ingrid responde:

— Zeek, se eu tivesse roubado a subflorescência, usaria para transformar você em pedra.

Zeek engasga com a própria risada.

— O que... o que disse? — Os olhos de Zeek ficam vidrados, como se ele estivesse com medo.

A turma toda começa a sussurrar e cochichar. Ingrid não pode ser uma bruxa de verdade, pode?

— Já chega, vocês dois — a professora Clementine ergue a voz para tentar controlar a turma.

À medida que todos vão se aquietando, noto que Kody bate no ombro de Zeek e sussurra algo em seu ouvido. Os dois riem baixinho, e Kody entrega um bilhete em um papel dobrado na mão de Zeek.

— Bom, sem a subflorescência, acho que teremos que encerrar a aula mais cedo. — A professora Clementine faz uma pausa e tamborila os dedos na mesa, distraída. Dá para ver que está meio chateada, mas ela simplesmente se levanta, bate palmas e nos expulsa da sala:

— Vocês estão dispensados!

Na confusão para sair dali, eu me aproximo de Oggie.

— Você viu Zeek e Kody trocando um bilhetinho durante a aula? Esquisito, né?

— O que é esquisito? Nós também trocamos bilhetinhos, não trocamos? Kody está se enturmando.

— Que turma ele foi arranjar...

— Aliás, você acabou de me lembrar. Tenho um bilhete para você! — Oggie me entrega um desenho todo amassado.

Você precisa de um banho!

— Engraçado, né? — Oggie esboça um sorriso sarcástico.
— Mandou bem, Oggie. Mandou bem.
— Mas é sério… você tá fedendo, cara — Oggie continua. — Você vai precisar se limpar se quiser achar alguém pra te acompanhar no baile de boas-vindas.

# CAPÍTULO
# 5

Se tem uma coisa que me ajuda a esquecer dos desafios simulados e das atribulações da escola é o dia do correio! Parado em frente a minha caixa de correspondências, eu me preparo para o impacto da inevitável avalanche de cartas enviadas por minha família. Que saudade de mamãe, papai, Kip, Chip, Flip, Candy, Tandy, Randy, Kate, Kat, Kit, Hoop, Hilda, Mike, Mick, Mary e Donovan. Ah, sim, e do Walter, o nosso bode de estimação! Ler sobre todas as palhaçadas e maluquices que acontecem no lar dos Cooperson me ajuda muito a matar a saudade de casa.

O único problema é que dessa vez não vem nenhuma avalanche de cartas. Na verdade, não vem nem uma chuvinha leve. Um único cartão-postal solitário cai, flutuando feito uma pena até o chão.

— Daz! Uau! — eu grito e corro para ajudá-la a se erguer. — De quem são todas essas cartas?

— Ah, tem uma aqui da sua mãe. — Daz remexe os envelopes no chão. — Esta é de Candy. Esta é de Tandy. Esta aqui é de Hoop e de Hilda...

Eu tento pegar uma das cartas, mas a zoelha de estimação de Daz, Docinho, tira a carta dos meus dedos. **NHEC!** Ai! Eu tiro minha mão, e Docinho abre um sorrisão, pulando para lá e para cá, para formar uma pilha de envelopes.

— Docinho! — Daz a repreende. — Desculpe, Coop. Docinho às vezes é meio superprotetora.

— Peraí, todas essas cartas são da *minha* família? — digo, olhando para meu mísero cartão-postal. — Uau.

— São — Daz afirma, com toda a naturalidade do mundo. — Sua família é incrível.

Eu viro o meu cartão-postal e fico só observando a Daz abrir a décima carta que ela recebeu da minha família. Que engraçado. Quando eu era pequeno, precisava espantar minha família para tentar ficar um pouco sozinho. Mas agora a única coisa do mundo que eu quero é a atenção dela, e tudo que eu ganho é um mísero cartãozinho?

Eu não estou com ciúme de Daz, né? Tá, eu estou FELIZ porque minha família está mandando cartas para ela. E eu sei que ela precisa do apoio, porque os seus pais não dão muita bola pra ela. Mas eu só não gostaria que minha família tivesse... sei lá, me esquecido.

Então, me dou conta de que estou sozinho com Daz na sala do correio, o que significa que é o momento perfeito e oportuno para convidá-la para o baile. Bom, estamos eu, Daz e Docinho, que parece estar se lambendo e olhando para mim com um ar ameaçador.

— Pois é, né? — Começo a suar na testa. — Que legal que você está aqui. Eu tinha mesmo uma coisa para te perguntar.

De repente, Docinho começa a rosnar para mim, mostrando a boca cheia de dentes afiados. Ela nunca fez isso para mim antes! Talvez Docinho esteja percebendo que estou nervoso pelo jeito como me aproximo de Daz e pelo suor de minhas mãos.

— Docinho, já chega!

Docinho recua e se esconde atrás das pernas da dona, enquanto Daz enfia aquela pilha enorme de cartas debaixo do braço e fecha a caixinha de correio.

— Sobre o que você queria falar comigo, Coop?

— Ahm, é que...

Com aqueles olhos enormes me encarando, sinto como se meus olhos estivessem sendo penetrados pela luz de um holofote que chega até o fundo do meu cérebro. Não que tenha muito para ver lá dentro. Na verdade, por algum motivo, me dá um branco nessa hora. Não é que eu não me lembre do que queria perguntar. Não, o problema é que pareço ter esquecido como formar uma frase coerente.

— Ahm, bom, é que...

> Hehe. Desculpa, como eu digo isso?
>
> Hum--hum.
>
> Eu sei que é bobo, mas eu queria saber se...

— Ei, Daz, e aí? — A voz retumbante de Kody entrando na sala de correio me desconcentra.

De repente, consigo pensar nas palavras perfeitas. *Daz, você gostaria de ir comigo ao baile de boas-vindas?* Sim, eu sei. Simples, né? Mas, antes de eu conseguir completar outra palavra, Kody entra na minha frente como se eu fosse invisível, me empurrando para cima das caixas dos correios, onde eu bato com força.

— Ah, foi mal aí, cara — ele se desculpa, sem olhar para mim. — Daz, pronta para curtir?

— Curtir? — eu pergunto, falando esganiçado sem querer.

— Nós vamos até o jardim da escola para alimentar os pteropatos na lagoa. — Daz sorri. — Vamos, Docinho.

Ao passar pulando pela minha frente, Docinho para e rosna. O que eu fiz para merecer toda essa braveza?

— Deixa disso, garota. Seja legal — Daz a repreende. — Esse aí é o Coop. — Antes de Daz se virar para ir embora, ela lembra que eu queria perguntar alguma coisa. — O que você queria me falar, Coop?

Olho para o lado e vejo Kody me observando e esperando.

— N-nada. — Morro de vergonha de perguntar na frente de qualquer colega de turma, ainda mais de Kody. — Esqueci... o que eu ia dizer.

— Ah, tudo bem. Você devia vir com a gente! — Daz sugere, com um sorriso sem graça.

— Não, tudo bem. Eu já estava indo estudar na biblioteca.

Por causa desse jeito falastrão de Kody, eu levo um tempinho para perceber que o que ele disse não foi um elogio.

E então me vejo parado no meio da sala de correio olhando para o único cartão-postal solitário que minha mãe me enviou.

> Para Coop, o herói mais corajoso da Escola de Aventureiros!
>
> Estamos com saudade!
>
> Com carinho,
> Mamãe

> Coop Coopersom
> Escola de Aventureiros
> 1530 Rua do Túnel,
> 40 - Subterra

    Enfio o cartão-postal na mochila e me arrasto pelo pátio que leva até a biblioteca, passando por um grupo de alunos mais velhos, que estão rindo e conversando. Minha cabeça está a mil, e não consigo parar de sentir que estou sendo deixado de lado. Daz, Oggie e Kody devem estar se divertindo pra caramba, enquanto eu fico aqui, carregando um monte de livros de Runas e Enigmas pelo campus da escola.

    Empurro a porta dupla enorme e passo pelos corredores de prateleiras altas e bambas, cheias de livros e velhos pergaminhos. Não acredito que eu costumava ter medo deste lugar! Hoje em dia, a biblioteca é praticamente o único local da escola em que sinto que consigo ficar em paz. Agora, aqueles cantinhos escuros, úmidos e bolorentos, cheios de teias de aranha se tornaram um esconderijo gostoso e tranquilo.

    Eu me sento a uma mesa vazia e tamborilo os dedos na madeira antiga. Quantos alunos será que já estudaram nesta mesma mesa ao longo dos anos até se tornarem verdadeiros aventureiros?

— Ah, senhor Cooperssssssson! — o senhor Quelíceras me chama lá do alto. Ele está pendurado de cabeça para baixo no teto, no fio de uma teia, com um livro em cada uma de suas várias mãos, devolvendo-os aos lugares certos em cada prateleira. — Seja bem-vindo.

— Oi, senhor Quelíceras — respondo, sem me deixar abalar.

No ano passado, esta situação teria me deixado praticamente em estado de coma. (Eu morria de medo de aranhas, lembra?) Mas e não é que o senhor Quelíceras é um dos educadores mais legais de toda a escola e, sem dúvida, o mais inteligente? Deve ser porque ele fica rodeado de livros o dia inteiro.

> Então você está esssssstudando? Que aluno essssssforçado!

> Bom, eu não tenho muita escolha, senhor Quelíceras. Para ser sincero, não estou indo muito bem neste semestre, e preciso melhorar minhas notas.

> Sssss ssseei...

— Você parece messssssmo desanimado, Cooperssssssson. — O senhor Quelíceras desce para olhar em meus olhos e joga o corpo e as pernas peludas no chão. Com um ar pensativo, ele leva uma das patinhas dianteiras à mandíbula e me pergunta:

— Tem certeza de que não há mais nada roubando sua atenççççççção? Talvez algum asssssssssunto sobre o qual queira falar...

Está vendo só? Que sujeito perspicaz! Deve ser por causa da quantidade de olhos que ele tem.

— Sei lá. — Tento ordenar meus pensamentos confusos. O senhor Quelíceras está bem a minha frente, mas eu fico olhando para o nada. — O senhor já se sentiu *deixado de lado*? Como se todos os seus amigos e sua família estivessem se divertindo enquanto você fica sozinho?

O senhor Quelíceras balança a cabeça, pensando no assunto.

— Bom, eu gosto muito da sssssssolidão da biblioteca, Cooperssssson. Masssss entendo o que você quer dizer. Não é fácil quando as pesssssssoas de quem você gosta vão cuidar da própria vida. Parece que elas te deixam de lado. Masssss é importante lembrar que elasssss não param de gostar de você por conta disso.

— É, né? Dizendo em voz alta parece uma bobeira, eu sei. Mas me sinto deslocado aqui. Ainda mais agora que Oggie e Daz estão sempre andando com o garoto novo: Kody Allbright. E minha família só tem me mandado cartões-postais. As coisas estão... diferentes.

— Meu conssselho é ssssimples — o senhor Quelíceras estridula. — Sssseja ssssincero e direto. Uma boa comunicação é o ssssegredo. Em vez de reprimir ssssseus sentimentosss, abra ssseu coraçção.

Sim. Certo. Abrir meu coração. Comunicação é o segredo, eu sei. Essa ideia é tão boa que deveria estar no Código do Aventureiro!

— Ei, senhor Quelíceras — eu pergunto, inseguro —, o senhor tem algum conselho para convidar alguém para o baile de boas-vindas?

O bibliotecário peludo parece ter sido pego de surpresa. Ele alisa os pelos da cabeça com os pedipalpos.

— Hum... Acho que não ssssou a melhor pessoa para dar essssse consssselho. Mas se fosse eu, diria a meu par aranha que ela tece uma bela teia, e comentaria sssssobre a beleza de todosss os sssssseus olhos.

— Ahm...

— Dessssculpe, piada ruim de aranha. — A boca cheia de dentes do senhor Quelíceras se abre em um raro sorriso. — Masssss, falando ssssério, olhe nos olhos da pessoa e fale com confiança.

— E se a pessoa disser "não"?

— Não leve para o lado pessoal. Pelo menos você sssssaberá que tentou. É como dizem: um herói não precisa ganhar; ele sssss- só precisa tentar.

Ergo as sobrancelhas sem entender.

— Não sei se convidar alguém para o baile é suficiente para me tornar um herói, senhor Quelíceras.

— Não, mas *tentar* algo, mesmo com medo, é uma atitude digna de heróis. — O senhor Quelíceras inclina sua cabeça peluda. — Além disso, há outro ditado que diz que há muitossss peixessss no oceano.

Concordo com um gesto, mesmo sem saber se entendi bem a coisa dos peixes.

O senhor não teria algum conselho sobre como dançar?

Tenho a impressão de que tenho dois pés esquerdos.

Com isssssso eu não posssso ajudar, Coopersssssson. Como você pode ver, eu tenho QUATRO pésss esssquerdos.

CUISH CUISH

## CAPÍTULO
# 6

E com a destreza de um acrobata, Shane Shandar dá um salto e toma impulso pisando no faminto flumessauro. O corpo gigante do monstrengo faz voar água para todos os lados. Shandar desvia de sua boca, que solta uma espuma viscosa, pulando por cima da fera como um blince selvagem, e vai parar dentro da caverna desaparecida! Mas o flumessauro é a menor das preocupações de Shandar, porque um bando de Bandidos das Botas Vermelhas, liderados pelo infame Harkly Dirkspine, conseguiram chegar primeiro ao tesouro de Spyrio! E lá estão Harkly e seus parceiros sanguinários, esperando por nosso famoso aventureiro, com as espadas bramindo na caverna escura! O que será que o grande Shane Shandar vai fazer? Descubra em "O tesouro perdido de Spyrio: Parte II" na próxima edição da *Revista do Aventureiro!*

Shane Shandar é o aventureiro mais famoso de toda a terra de Eem. E quer saber qual é a parte mais legal? Ele não é só um personagem de ficção. Ele é uma pessoa de verdade, e suas histórias são verídicas! Na verdade, Shane foi um dos primeiros alunos a se formar na Escola de Aventureiros! Quem diria... eu, Coop Cooperson, aventureiro mirim, frequentando a mesma escola que frequentou o incrível Shane Shandar!

— É uma edição antiga. Aposto que o senhor Quelíceras tem a próxima edição na biblioteca. Vamos lá pegar emprestado! — Oggie revira várias tarefas da escola e questionários antigos antes de finalmente encontrar a carteirinha da biblioteca.

— Vou chegar primeiro! — grito, mas o sino toca assim que me levanto. — Ah, caramba, não vai dar tempo... Temos aula de Runas e Enigmas com o professor Scrumpledink.

Deixando para trás nossas fantasias de tesouros e aventuras eletrizantes, descemos o corredor para chegar ao pátio. Eu me sinto mais lerdo a cada passo. Meu livro de Runas e Enigmas parece cada vez mais pesado. Estou realmente com medo do que vou encontrar: com certeza será outra sessão de tortura de dar dor no cérebro sobre o mistério dos enigmas ou das runas.

Oggie parece ler meus pensamentos.

— Não sei por que você está sofrendo tanto com Runas e Enigmas. Não é tão difícil assim, vai...

— Talvez não seja difícil para você, ó Grande Mestre dos Enigmas — digo com sarcasmo. Mas a verdade é que não é só a aula de Runas e Enigmas que está me atormentando.

Oggie dá uma gargalhada.

— Você tá bem, cara? Tô te achando meio tenso ultimamente.

— É, tô bem sim. Acho que é só estresse. Com as aulas, com... o baile.

— Por que você não faz logo o convite? — Oggie responde, indignado.

— Fala baixo! O quê? Como assim? Quem? De quem você está falando? Convidar quem? — Minhas palavras se atropelam.

— Daz! — ele responde, mais alto do que deveria.

— Quieto! Oggie, bico calado, por favor! — Olho de um lado para o outro, vendo a galera ir para as salas de aula. Ninguém está olhando para nós, mas a sensação é de que estamos sendo observados por todo mundo.

— Cara, você tá falando comigo... seu amigo, Oggie! O Oggão! — Ele coloca a mãozona peluda em meu ombro. — Você deveria ir falar com ela. Diga: "Ei, eu te acho muito legal. Que tal irmos juntos ao baile de boas-vindas?"

— Não é tão fácil assim, cara — afirmo, nervoso. — Eu já tentei, mas me atrapalho na hora que vou falar.

— Claro que é fácil.

— Se é tão fácil, por que ainda não arranjou alguém para ir com você?

— Eu aceito o desafio. Observe e aprenda com o mestre, Coop. — Oggie acelera o passo, com confiança, e se enfia no meio de um grupo de estudantes, que estão se separando para seguir caminhos diferentes.

Sem diminuir o passo, Oggie chega perto de Melanie S., uma garota valquene do Time Amarelo. Ela está parada debaixo dos cavoeiros, conversando com as amigas.

Eu fico pasmo. Absolutamente embasbacado. Como é que ele consegue fazer isso?

— Foi incrível!

— Princípio número dez do Código do Aventureiro: a sorte sorri para os fortes. Lembra? É sério, você só precisa tentar. — Oggie ergue os braços acima da cabeça.

— É, acho que você tem razão. Mas e se ela disser que "não"?

— Aí é não. Tem muitas garotas que você pode convidar para ir ao baile. Veja Melanie S., por exemplo. Se ela não quisesse ir comigo, eu teria convidado Melanie D. ou talvez Chartreuse. Tem um montão de meninas legais na Escola de Aventureiros.

— Talvez tenha sido isso que o senhor Quelíceras quis dizer com "muitos peixes no oceano". Hum... Valeu, cara!

— Não me agradeça, cara. Agradeça a Kody. Foi ele que me ensinou a ser mais confiante. Aquele cara sabe das coisas. Ele é inteligente, engraçado, bom em todas as matérias, até em Runas e Enigmas. E digo mais: um sujeito como Kody pode ser o próximo Shane Shander, tá ligado? Você deveria andar mais com a gente. — A expressão de Oggie fica perdida em uma expressão de pura reverência.

Eu reviro os olhos e solto uma gargalhada.

— Kody, o próximo Shane Shandar? Você ouviu o que acabou de dizer? Fala sério…

— Como assim? — Oggie me encara, incrédulo.

— Sei lá — eu digo, tentando achar as palavras certas. — É Kody pra cá, Kody pra lá. Não percebeu que ele é sempre o centro das atenções?

— Ei, calma aí, irmão. Você tem alguma treta com o Kodão? — Oggie pergunta, visivelmente perplexo.

— Olha, é disso que eu estou falando. O Kodão e o Oggão! Quando foi que isso começou?

> **Cara, você sabe que eu SEMPRE QUIS que me chamassem de Oggão.**
>
> **Tsssic! Bom, você NUNCA me chamou de Coopão!**
>
> **Sério? Coopão? Olha, vou ser sincero...**
>
> **Acho que não combina com você, camarada.**

— Que seja, esqueça essa coisa de "Coopão" então! O que estou dizendo é que parece que o cara não erra uma! Ele manda bem em todas as aulas, é amigo da escola inteira. De repente, todo mundo quer andar com o Kodão o tempo todo. — E eu percebo que estou demonstrando ciúme. — Você não tem a impressão de que há algo esquisito com ele? O cara está sendo um babaca comigo, e você não tá nem aí!

— Um babaca com você? — Oggie fica surpreso.

— É, sim. Além disso, ele é todo amiguinho de Zeek. Não acha que isso é um sinal de alerta?

— Poxa, cara. — Oggie balança a cabeça, decepcionado. — É exatamente por isso que você não merece o nome de Coopão.

Sinto o climão que fica entre a gente ao irmos para a aula. Sabe aquela sensação de não resolver bem uma discussão ou um mal-entendido e todo mundo ficar se sentindo meio mal? Pois é, assim que eu fiquei.

O professor Scrumpledink vai até a caixa de madeira atrás do púlpito. Quando ele sobe, vejo o velho bogolisco acadêmico levar a mão à garganta e pigarrear.

— Sabem, alunos, dizem que vida é um gRRRande enigma. E isso é muito veRRRdadeiRRRo. — O professor Scrumpledink ajeita os óculos. — E, em essência, o que são enigmas?

Segue-se uma longa pausa enquanto o professor Scrumpledink passa os olhos pela turma, buscando alguém com a mão erguida.

Mindy olha para mim e encolhe os ombros.

A expressão de Daz parece gritar: "Não olhe pra mim! Não olhe pra mim!"

— Um jogo? — Oggie responde, tímido.

— A-há! Exatamente, Oggie! — Scrumpledink responde com tanta empolgação que os óculos caem de seu nariz.

— Mandou bem, Oggão! — Kody ri.

— Enigmas são jogos, sim. Mas as runas… as runas, meus caRRRos alunos, não são nada paRRRecidas com jogos. Runas são coisa séRRRia. — Em uma mudança completa de personalidade, o entusiasmo do professor Scrumpledink se transforma em uma seriedade pensativa.

Ouço as pessoas suspirarem e engolirem em seco ao mesmo tempo na sala.

— Alguém pode então me explicaRRR… o que são as runas? — O professor dá uma pancada no púlpito com a ponta prateada da bengala. Todo mundo dá um pulo no lugar. — O que são runas e do que elas são feitas?

— Runas são palavRRRas mágicas escRRRitas em uma língua mágica que, paRRRa todos os efeitos, morreu há muito tempo. — O professor Scrumpledink ajeita a barba branca usando os dedos como um pente. — Não é possível cRRRiar runas hoje. Só podemos leRRR as runas já cRRRiadas. Mas runas são muito mais do que simples palavRRRas. Runas podem repRRResentar ideias complexas, com diveRRRsos significados, todos eles ligados a um único símbolo.

> PoRRR exemplo, esta runa aqui pode repRRResentar "poRRRta" ou "boca" ou...
>
> "...todos os que aqui entRRRarem vão viRRRar geleia".

— Maneiro — Oggie balbucia, soltando um longo sussurro.
— Mas, professor? — eu interrompo, um pouco perturbado pela curiosidade. — Se podemos ler as runas, por que não podemos escrevê-las? Não dá para copiar as palavras mágicas?
— Excelente peRRRgunta, Coop. — Scrumpledink dá a volta em torno da caixa de madeira. — Em poucas palavRR-

Ras, nós não somos feiticeiRRRos. Na maioRRRia dos casos, apenas feiticeiRRRos que dominam podeRRRes mágicos conseguem escrever runas. E, como vocês sabem, não existem mais feiticeiRRRos. — O professor Scrumpledink solta um último grunhido, antes de respirar fundo. — Todos os feiticeiRRRos das terras de Eem, da Lamalândia ao Caminho do Meio, estão moRRRtos. Há milhaRRRes de anos!

— O que o senhor quer dizer com "na maioria dos casos"? — E mordo a ponta do meu lápis.

— Como? — O rosto do professor se contorce. — Não entendi.

Mas Daz completa meu raciocínio:

— Coop está certo. O senhor acabou de dizer que só feiticeiros podem escrever runas "na maioria dos casos".

— Ah! Sim, sim. É veRRRdade. Na maioRRRia dos casos. Mas há alguns povos que vivem em Eem, como gnomos, diabRRRetes e kobolds, que têm uma afinidade especial com a magia. Em casos raRRRíssimos, essas espécies conseguiRRRam até mesmo escRRRever runas.

— Mindy? — eu sussurro, curioso. — Você é uma diabreta. Isso é verdade? Você é... mágica?

Mindy esconde a risada com a mão e responde com um olhar cheio de malícia:

— Além de toda minha beleza e personalidades mágicas?

O professor Scrumpledink prossegue:

— Aliás, IngRRRid veio para a Escola de AventuRRReiros com talentos muito especiais. Consta em sua matRRRícula que ela entende um pouco de magia. Não é veRRRdade?

Isso coloca Ingrid contra a parede.

Todos os olhares se voltam para ela, que pisca, nervosa, e se afunda na cadeira.

— Zeek, você é um imbecil! — Daz grita.

— Qual é? Você ouviu o que o professor disse — Zeek zomba. — Quer uma bruxa no seu time?

— Já chega! — o professor Scrumpledink se intromete. — ORRRdem na tuRRRma! Estou de olho em você, Zeek Ghoulihan. O que você fez foi uma péssima inteRRRpretação dos fatos, e mais uma dessas, você vai diRRReto para a CaveRRRna do Castigo!

Zeek se joga para trás na cadeira, e eu vejo que ele dá uma olhadela rápida para Kody, que pisca pra ele e disfarça uma risada. E então os dois trocam um soquinho de comemoração!

— Você viu aquilo? — eu pergunto para Oggie, indignado, mas ninguém parece estar me ouvindo.

— Silêncio, pessoal! Quietos! Eu gostaRRRria de esclaRRRecer uma coisa: via de regRRRra, as bRRRRuxas não são malvadas — o professor Scrumpledink diz, com um tom de voz calmo e relaxado.

BOM, PELO MENOS NÃO TODAS...

CAPÍTULO

# 7

Ding, dong, ding, dong, ding, dong!
— ACORDEM! De repente, sou arrancado de um sono profundo pelo toque de um sino, uma pancada na porta de nosso quarto e uma voz mal-humorada e bem conhecida gritando:

— Acordem, todos vocês! Saiam dessas camas agora mesmo!

— Treinador Quag? — eu digo, com a voz rouca, mas ele já desceu o corredor, e seus berros ecoam por todo o dormitório.

— Apresentem-se no pátio em cinco minutos! —

**DING, DONG, DING, DONG,**

— O que tá acontecendo? — Oggie resmunga na parte de baixo do beliche. — Que horas são? Já está na hora do café da manhã?

— É cedo pra caramba, pode crer. — Eu bocejo.

Quando nos damos conta, estamos de pijama tirando remela seca dos olhos ainda embaçados em pleno pátio da escola, formando uma fila com todos os colegas.

67

— Atenção, por favor! — o diretor Munchowzen grita com um megafone na mão. Ele está usando seu manto verde enorme, além de uma touca de dormir e pantufas. — Vocês devem estar se perguntando por que foram chamados aqui tão cedo. — O tom de voz do diretor fica mais grave. — O bibliotecário de nossa escola, o senhor Quelíceras, ficou sabendo que um livro altamente restrito foi roubado de nossa biblioteca na noite passada.

> Para ser mais específico, o livro foi retirado da Câmara de Calhamaços Censurados...
>
> ...que só pode ser acessada pelos professores da escola, pois esses livros devem ficar guardados a sete chaves.

A multidão se assusta, e um burburinho se espalha feito uma onda. O diretor continua, e o treinador Quag vai passando pelas fileiras de alunos, olhando bem para cada um, com as mãos às costas, e a veia enorme na testa dele, que eu apelidei de Moe, não para de pulsar. Ao parar à minha frente, ele me analisa com calma, olhando-me de cima a baixo.

— Pantufa de bichinho, é? Pfff. — Ele balança a cabeça e segue em frente.

— O livro em questão é um texto sobre alquimia e ervas cujo título é *Arkimunda Coagudex*. É uma obra muito rara e deve ser manuseada com todo o cuidado. Não só porque suas páginas estão desgastadas e quebradiças, mas também porque seu conteúdo pode se tornar extremamente perigoso se parar nas mãos erradas. As receitas que ele traz são bem incomuns, para dizer o mínimo, e em alguns casos chegam a ser letais.

Oggie se inclina para falar comigo e sussurra:

— Arkibunda Cocodex?

— Quem roubaria um livro proibido da biblioteca? — Daz chacoalha a cabeça.

— Talvez alguém que esteja tendo dificuldades na aula de Alquimia — Mindy sugere. —Eu já li sobre esse livro em algum lugar. Parece que o *Arkimunda Coagudex* foi escrito por um feiticeiro poderoso há centenas de anos. Um gênio! O livro é cheio de receitas para criar coisas, como poções para enfeitiçar, ácidos corrosivos e venenos perigosos. Algumas delas são tão fatais que apenas uma gota poderia derrubar uma rugifera adulta.

— Ei, nem olhe para mim — eu digo. — Posso até estar com dificuldades, mas poções para enfeitiçar? Sai fora!

Olho para os lados e vejo Zeek e Axel de conversinha com Kody. Eu não sei sobre o que eles estão conversando, mas esses três não se largam mais.

> Com certeza estão tramando alguma...

— Peço àquele que pegou o livro da biblioteca, seja quem for, que o devolva imediatamente — o diretor Munchowzen implora. — Roubar da Câmara de Calhamaços Censurados é uma infração grave. Se você ou alguém que você conhece tem informações sobre o livro desaparecido, não hesite em se apresentar.

Ao ouvir isso, o treinador Quag apita e toca o sino.

— Todos dispensados! Hora de se preparar para mais um dia na Escola de Aventureiros! Vamos, vamos, vamos!

Aquela maré de estudantes sai do pátio se arrastando para voltar aos dormitórios. Percebo que Zeek e Kody estão à nossa frente no corredor, rindo e conversando.

— Ei, alguém mais está com a sensação de que Zeek e Kody estão por trás disso? — eu sussurro.

— Kody? Claro que não! De onde você tirou isso? — Daz me encara, chocada.

— De novo essa história... — Oggie resmunga.

Percebo nas respostas que ninguém quer ouvir minhas teorias.

— Só acho que... enfim, ele vive andando com Zeek.

— Mas isso não quer dizer que ele é um ladrão — Oggie retruca. — O Kodão é um cara legal.

— E Ingrid Inkheart? — Mindy olha para trás.

— O que tem ela? — pergunto.

— Você não lembra o que aconteceu na aula de Alquimia? — Mindy responde. — O estoque de subflorescência da professora Clementine sumiu, e Ingrid disse que poderia usar como ingrediente em uma poção para transformar pessoas em pedras! E se aquilo tiver sido uma ameaça?

Oggie arregala os olhos.

— Opa, opa, opa. Você não acha que ela faria algo assim, acha? Mesmo se fosse para se vingar de Zeek.

— Vai saber... — Mindy dá de ombros. — Nem todas as bruxas são malvadas, mas e se ELA for?

Teoria interessante, mas não me convence. Meus instintos me dizem que Kody e Zeek são os culpados, então, preciso fazer o que o senhor Quelíceras me orientou e ser direto. Comunicação é o segredo.

— Vejo vocês mais tarde — digo para todos. — Tenho umas coisas para fazer.

— Heim? Então tá. Beleza, cara. A gente se vê no café da manhã! — Oggie acena.

Desço o corredor sozinho e paro na frente do quarto de Kody. Bato para ver se tem alguém lá dentro, e a porta, que está um tiquinho aberta, se abre mais um pouco, rangendo.

— Kody? Você tá aí? — pergunto, com a voz tremendo. — Será que a gente pode conversar um minutinho? Kody? Zeek? — Empurro a porta e coloco a cabeça para dentro do quarto.

Credo. Me deu até pena do colega de quarto de Kody. Que cara bagunceiro!

Eu não deveria ficar espiando, né?

Ah, só uma espiadinha rápida não tem problema. O diretor Munchowzen disse que, se alguém tivesse informações, deveria se apresentar. E é bem nessa hora que eu piso em cima de uma barra de chocolate jogada no chão, esmagada e mordida. Que nojo! Sinto um pedaço de papel grudado em meu pé e tiro para ver o que é.

☑ Me enturmar
☑ Fazer Amigos
☑ Sondar a escola
☑ Encontrar pessoas parecidas

Hum, que coisa estranha. Parece uma lista de afazeres bem da esquisita. Mas um bilhete coberto de chocolate não é exatamente um livro de alquimia roubado.

Então eu ouço os passos e a voz de Kody no corredor.

— Entre, vamos conversar aqui, longe dos ouvidos curiosos.

Essa não! É Kody e Zeek! Se eles me pegarem aqui, estou FERRADO! Quando ouço que eles estão quase chegando, abro a porta do armário e me escondo lá dentro, fechando a porta. Onde é que você foi se meter, Coop?

Eu me vejo afundado até os joelhos no meio de um monte de latas de refrigolantes vazias e embalagens de *fast food*. Além disso, sinto que minhas costas estão empurrando uma coisa que parece um bloco de pedra gigante. Não tem muito espaço para se mexer, quanto menos para respirar naquele armário, mas por sorte Kody e Zeek não percebem minha presença. Espiando pela fresta da porta quase fechada, vejo Kody se jogar na cadeira da escrivaninha e Zeek vir atrás dele.

— Talvez a gente devesse pensar melhor sobre isso tudo. — Kody suspira. — Eu só estava brincando.

— Brincando? Você não pode desistir agora — Zeek diz, desesperado. — Eu preciso do gabarito da prova de Runas e Enigmas ou serei reprovado!

Gabarito? Então é isso que eles estão aprontando! Trapaceiros!

— Será que dá pra se acalmar? — Kody responde. — Eu vou dar um jeito de conseguir o que você precisa para abrir a fechadura. Só que essa coisa do livro desaparecido meio que estragou os planos. Os professores estarão de olho.

— Não estarão, não! Pensa só, é perfeito! Munchowzen e os palhaços dele se manterão tão preocupados com aquela porcaria de livro que nem vão lembrar do cofre da escola.

Peraí. Quer dizer que Zeek e Kody não roubaram o livro? Agora eu fiquei confuso. Talvez Mindy estivesse no caminho certo. Vai que foi Ingrid mesmo que roubou.

De repente, Zeek começa a falar com um tom mais ameaçador, chegando perto de Kody com punhos cerrados.

— Dê um jeito nisso, entendeu? Você não vai gostar de ver Axel nervoso.

— Tá bom, tá bom — Kody responde. — Relaxa. Por que você não pega um refrigolante no armário? Traz um para mim também.

No armário?! Droga! Zeek vem se aproximando, e eu me encolho no canto, atrás de um objeto de pedra gigante e das roupas de Kody penduradas nos cabides. Quando Zeek abre a porta, uma avalanche de latinhas vazias cai aos pés dele.

— Caramba, Kody — Zeek se surpreende. — Achei que eu fosse bagunceiro. Seus pais nunca mandaram você arrumar o quarto?

— Que nada! — Kody dá risada. — Eles não estão nem aí. Além do mais, não estou vendo o pai ou a mãe de ninguém por aqui, você está?

Em vez de fechar a porta, Zeek dá um passo para trás e fica olhando para dentro do armário.
— Cara, que negócio é esse? — Ele abre a latinha.
Putz! A festa acabou! Eles me acharam!

— Enfim, deixa isso pra lá. — Kody fecha a porta. — Tô morrendo de fome. Vamos à cantina pegar um rango.

Quando os dois saem do quarto, meu coração finalmente desacelera. Saio do armário aos tropeços e deixo cair um monte de latinhas no chão. Kody e Zeek podem não ter roubado o livro, mas entrar no cofre da escola para roubar o gabarito da prova de Runas e Enigmas? Eu preciso contar para o pessoal!

Que maravilha, hora do café da manhã! A refeição mais importante do dia. Acho que eu comeria um guantílope inteiro!
Ufa! Essa foi por pouco...

CAPÍTULO

# 8

— Você disse alguma coisa, Coop? — Oggie responde com a cabeça na lua. Ele está tão concentrado tentando espiar o que Blorf preparou na cantina que nem vê que estou suando.

— Não, eu não disse nada! — afirmo, com a cabeça ainda girando depois de ter escapado por pouco do quarto de Kody.

— O que será que a gente vai comer? O que será que é aquilo? Pãozinho? Uhh! E um potão de mostarda! — Oggie fica na ponta dos pés e espia por cima da fila de alunos que esperam a comida. — Quer saber? Acho que hoje vai ser rolobúrguer de jumule!

— Ah, sério? — Minha mente de repente liga o botão da comida. — Até que não parece tão ruim.

Normalmente, a comida na cantina da Escola de Aventureiros é bem grotesca. Bom, grotesca para um ser humano, pelo menos. Acho que os povos que vivem no mundo subterrâneo comem insetos, minhocas e todos os tipos de seres rastejantes estranhos. Gosto é gosto, né? Mas cá entre nós, eu bem que preferiria comer um pratão de batata frita com bacon.

— Olha... — Oggie fala com água na boca. — Sabe o que seria ainda melhor? Bolinho de cacaré frito acompanhado de palitinhos crocantes de cocreijo cobertos de geleia de mungo azedo. E, pra beber, eu pediria um refrigolante bem geladinho. — Ele chega a salivar.

— Refrigolante... — Eu só consigo me lembrar do plano de Kody e Zeek de novo. Só de pensar nisso, meu estômago embrulha. Trapacear já é feio, mas invadir o cofre da escola é ainda pior.

— Cara! Não acredito... eles fizeram bolotinhos hoje! — A empolgação de Oggie me tira de meu estado de transe.

Bolotinhos? Essa não...

> **Senhor Blorf, será que posso trocar meu bolotinho por uma salsicha comum ou outra coisa?**
>
> **Bolotinho. Centípedes enormes, vivos e feios pra caramba.**
>
> PLOP

Eu me arrasto e me jogo no banco da mesa da cantina. Oggie engole um bolotinho dentro de um pão e suga até o caldinho, que, pelo meu ponto de vista, é basicamente uma gosma nojenta. Eu olho para meu café da manhã e decido quase na mesma hora que perdi a fome. Além disso, meu bolotinho parece já estar se deliciando com o pão.

NHOC NHOC NHOC

— O que foi, Coop? Tá sem fome? — Oggie mal consegue falar com a boca cheia de pedaços mastigados de inseto. — Melhor comer logo antes que o bolotinho devore todo o pão.

— Não tô muito a fim. — Eu mexo no meu copo de geleca com um canudinho. Aquela coisa amarelo-esverdeada me lembra muito meleca de nariz e tem cheiro de arroto de picles.

— Então, o que foi? Você ainda está nervoso e pensando em convidar Daz para o baile de boas-vindas? Desembucha, irmão! — Oggie toma um golão de sucosma e fica com um bigode verde fluorescente.

— Não. Quer dizer, sim, ainda estou tenso com essa história de chamar Daz para o baile, mas não é por isso que estou assim.

— Tá... — Oggie revira os olhos. — É por quê, então?

— Olha, eu vi uma coisa. Uma coisa séria — digo, meio rápido. — Ouvi Kody e Zeek conversando sobre roubar o gabarito da prova de Runas e Enigmas.

— Como é? — Oggie suspira.

— É verdade! Eles estavam juntos no quarto de Kody, tomando refrigolante e falando sobre esse plano nefasto! Eu estava lá! Eu vi tudo!

— Eles te viram? — Oggie pergunta, bem sério.

— O quê? Se eles me viram? Não, claro que não, eu estava escondido no armário! — grito, e alguns colegas olham em minha direção. Baixo a voz e continuo: — Eu estava escondido no armário. Eles não sabiam que eu estava no quarto. Kody queria cair fora do plano, mas Zeek o convenceu a seguir em frente. O plano deles é roubar o gabarito do cofre e colar na prova!

Oggie se encosta na cadeira, sem palavras, e ficamos nós dois olhando torto um para a cara do outro. O bolotinho em minha bandeja ergue a cabeça e solta um guincho agudo. Parece que ele está tão interessado na resposta que Oggie vai dar quanto eu.

— Coop — Oggie por fim resmunga —, você entrou escondido no quarto do Kody?

— Você não ouviu o que eu disse?! — Eu me espanto.

— Ouvi, sim. E se eles estiverem mesmo planejando colar na prova, vão fazer besteira. Mas e se só estivessem brincando?

— E se não estivessem? Sei que espiar é errado, mas eu precisava seguir meus instintos, né? Afinal...

— Princípio onze do Código do Aventureiro — Oggie me interrompe. — Sempre fazer o que é certo. Mesmo quando as outras opções são mais fáceis. Eu sabia que você ia dizer isso.

— E então, o que podemos fazer?

— Bom, pra começo de conversa, mesmo se eles tentassem, nunca conseguiriam entrar no cofre da escola, pode ter certeza. — Oggie dá de ombros.

— Por que você acha isso?

— Porque o cofre tem paredes de ferro de três metros de espessura. Todo ele. Sabe Bernie Bevelokwa do Time Roxo? Ele me contou que Munchowzen contratou uns engenheiros xourins para melhorar a segurança do cofre durante o verão, depois daquilo que aconteceu com você-sabe-quem no Labirinto de Cogumelos.

— Dorian Ryder — eu murmuro. Sinto um arrepio. O Zaraknarau foi bastante terrível, mas Dorian Ryder e os exilados são muito piores.

— Pode confiar, aquele lugar é impenetrável — Oggie diz.

— Mas e Kody e Zeek?

Oggie toma mais um golão de sucosma e arregala os olhos.

— Deixa isso pra lá agora. É sua chance, cara! — Oggie aponta para Daz e Mindy, que estão trazendo as bandejas e acenando para nós.

Antes do meu cérebro conseguir processar o que está acontecendo, Daz coloca a bandeja a meu lado.

— Oi, meninos! — ela diz, alegre.

> Oi, meninas! Olha só, Coop tem uma coisa pra dizer.

> Tenho?

> Tem, sim.

> O que foi, Coop?

Oggie chuta minha canela debaixo da mesa com seu pezão peludo e eu esqueço completamente de Zeek e Kody.

— Vai lá, cara — ele fala entre os dentes.

Abro um sorriso falso e nervoso no rosto e me viro na direção de Daz, tentando reunir coragem para convidá-la para o baile. Fico vendo Daz colocar o cabelo atrás da orelha, sorrindo sem entender nada. Como o senhor Quelíceras disse, eu só preciso tentar. E quando me dou conta, as palavras já estão saindo na velocidade de um trem-púlver:

— Eu-acho-você-legal! Quer-ir-ao-baile-de-boas-vindas-comigo? — pergunto tão rápido que as palavras se atropelam, feito gnomos tentando caçar sapos.

Olho de relance para Oggie, que está mordendo o lábio e me fazendo um joinha, todo empolgado. Mindy, no entanto, por algum motivo, está apertando os dentes.

Sinto o sangue gelar. Parece até que meu cabelo fica em pé, mas não tem nenhum espelho por perto, então não posso ter certeza.

— K-Kody? — eu solto um grunhido.

Só consigo dizer o nome do sujeito e mais nada. Uma palavra que fica presa em minha garganta como se eu tivesse bebido um litro daquela sucosma nojenta com gosto de vinagre. Viro-me para Oggie, em pânico. Ele está cerrando os dentes, como se dissesse Eita!, mas sem fazer barulho.

— Pois é, desculpe. — Daz esboça um sorriso constrangido. — Quem sabe se você tivesse me convidado antes, né?

Fico sentado sem saber como agir e tento fingir que está tudo bem.

— Ah, não se preocupa. Tudo bem, mesmo! Tranquilão!

Eu me levanto com minha bandeja e aponto na direção da porta. Não sei exatamente qual é meu plano, mas de repente sinto uma vontade enorme de fugir. Fugir daquele lugar, fugir daquela situação.

— Preciso ir. Senão vou me atrasar para... vou me atrasar para... ééé... — Aonde é que vou chegar atrasado mesmo?

Sem concluir a frase, saio em disparada pela cantina e sinto que todo mundo está olhando para mim. Já longe, tenho a impressão de ouvir Daz, Oggie e Mindy me chamarem, mas não consigo entender o que eles dizem, porque meu cérebro fervilha feito uma colmeia de abelhas.

Vou direto para a porta, em um disparo direto. É só passar por ali que estarei livre de todo esse constrangimento. Eu só preciso seguir em frente. Mas, de repente, Ingrid Inkheart atravessa meu caminho, bloqueando minha rota de fuga.

> Oi, Coop Cooperson.

> Sei que nós nunca conversamos direito... Mas eu acho você legal.

> E eu estava pensando... será que você gostaria de ir ao baile? Tipo... comigo?

Meu cérebro ainda está queimando por causa do fora que levei de Daz, e eu fico ali parado, querendo muito ir embora. Mas Ingrid pergunta de novo:

— Quer dizer, se você não for com ninguém, quer ir comigo?

Não sei o que dá em mim, mas as palavras saem mais alto do que eu gostaria:

— NÃO, EU NÃO POSSO IR AO BAILE COM VOCÊ!

Minha voz ecoa por toda a cantina. Em seguida, ficamos eu e ela parados um de frente para o outro, assustados e em silêncio. Eu não quis gritar, e com certeza não quis ser um babaca. Mas, antes de conseguir explicar, vejo os olhos de Ingrid se encherem de lágrimas.

— Tomou um fora! — Zeek grita, soltando uma risada cruel. — Ele e Axel trocam um soquinho a algumas mesas de distância, depois de terem assistido a todo o fiasco como dois urubus famintos sobrevoando um animal atropelado na estrada. — Bem feito, mané!

— Calma, eu não quis… é que… — Eu me atrapalho com as palavras, mas antes que consiga dizer qualquer coisa, Ingrid corre e sai da cantina, choramingando e tentando controlar as mesmas lágrimas que eu senti arder em meus olhos quando Daz me disse "não". Começo a correr atrás dela. — Calma! Ingrid, espera! Desculpa, eu não quis…

— O que foi isso? — eu penso alto, e então vejo Zeek sorrindo atrás de mim com o pé esticado.
— Ops! — Zeek gargalha. — Foi mal, não te vi aí!
— Cusperson, você precisa tomar mais cuidado — Axel zomba.

Eu me levanto, no meio de todo mundo, pingando aquela meleca toda, e saio tropeçando da cantina, ouvindo as críticas se transformarem em gargalhadas. Não preciso nem dizer que a sensação não é nada boa. Primeiro, levo um fora de Daz e depois magoo Ingrid, e, por fim, mais uma humilhação meleaquenta. Será que dá para piorar?

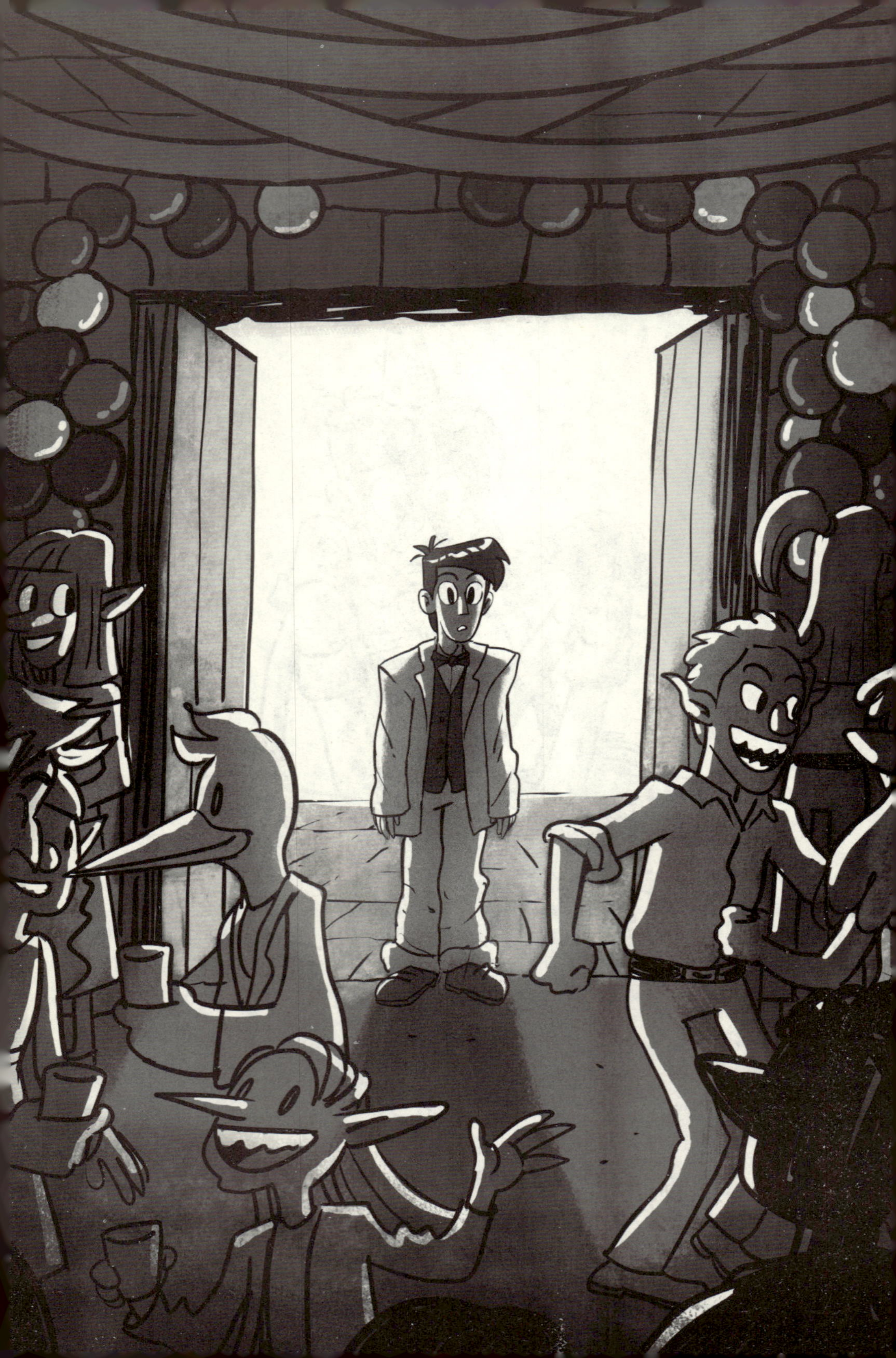

CAPÍTULO

# 9

**B**om, acho que dá para piorar.
 Estou prestes a entrar sozinho no baile de boas-vindas da Escola de Aventureiros. Sim, sim. É constrangedor, eu sei. Mas quer saber? Preciso acertar as coisas com Ingrid. Então, aqui estou eu, vestindo o terno velho e enorme do meu pai, pronto para entrar na pista de dança.

Dou uma olhada na quadra da escola, agora toda escura, com a missão de encontrar Ingrid para poder pedir desculpas. Só que o lugar está lotado, pois praticamente todo o pessoal da escola está lá. Sem querer, esbarro em um cadete do quarto ano, que se vira e ralha comigo:

— Olha por onde anda, seu nadinha.

— D-desculpe — gaguejo e passo por ele com pressa, completamente perdido no meio da galera dançando.

Ando na direção do palco, onde há uma banda (dois bichos-papões no baixo e na guitarra e um valquene na bateria) tocando uma música animada.

— Senhor Cooperson — uma voz grave me chama.

Ao me virar, deparo com o diretor Munchowzen em pé junto com um grupo de professores, inclusive a professora Clementine e o professor Scrumpledink.

— Você parece um pouco perdido, meu garoto — diz o diretor, tomando um gole de uma bebida.

— Ahm, pois é, estou procurando uma pessoa. — Olho em volta e ajeito a gravata-borboleta. — Ingrid Inkheart. Vocês a viram por aí?

— Ah, acho que eu vi! — o diretor responde, animado, e aponta para o canto da quadra. — Bem ali. Ela faz o tipo tímido, me parece.

— Obrigado.

Eu sigo a orientação do diretor e, na outra ponta do ginásio, vejo o senhor Quelíceras tirando ponche vermelho de um caldeirão gigante com uma concha, servindo em xícaras e colocando as bebidas em uma mesa para as pessoas se servirem.

Então, avisto Ingrid parada, sozinha, com um vestido preto e com as costas encostadas na parede, olhando para baixo. Quando ela olha para cima, tento chamar sua atenção do outro lado da pista.

Mas em vez de acenar, Ingrid se vira e foge para o outro canto do ginásio.

— Ingrid! — eu grito.

Não posso deixar isso acontecer de novo! Vejo que ela está prestes a escapar pela saída dos fundos, e então torno a chamá-la:

— INGRID, ESPERA!

Todos à nossa volta olham para nós.

— O que foi? — Ingrid sussurra, ríspida, enquanto a música toca alto no palco. — Quer me fazer passar vergonha de novo?

— N-não! — eu gaguejo. — Não, eu queria pedir desculpas. Mil desculpas. Por ter sido tão grosseiro.

Ingrid olha para os dois lados, nervosa.

— Sabe — tento me explicar —, quando você veio falar comigo na cantina ontem, eu estava fora de mim. Tinha acabado de convidar Daz para o baile… e eu meio que levei um fora. Então, tudo o que eu queria era sair correndo e me esconder.

Ingrid encara o chão.

— Ah.

— Mas isso não é desculpa para o que eu disse. E para como te tratei. Você não merecia aquilo. Então… me desculpe, Ingrid, de verdade.

Ela pisca duas vezes e torce o nariz.

— Tudo bem.

— E eu estava pensando... Será que você gostaria de dançar comigo?

Ao caminharmos para o meio da pista de dança, lembro do verão em que minha mãe tentou me ensinar a dançar músicas lentas. Ficar a dois passos de distância. Colocar a mão na cintura da parceira. E balançar desengonçado de um lado para o outro. Ênfase em "desengonçado".

Uau. Ingrid dança superbem. Ela se movimenta com graça e faz parecer tão fácil... Com uma parceira igual a ela, acho que consigo pegar o jeito.

— Então... você gosta de Daz? — ela pergunta.

Meu coração bate mais forte. Normalmente, eu negaria acusações tão atrevidas e sem fundamento! Mas... acho que Ingrid merece saber a verdade.

— É. — Meu rosto vai ficando vermelho. — Mas acho que gosta do Kody. — Olho em volta da pista, mas não vejo sinal Daz nem de Kody.

— Kody... — Ingrid murmura. — Não tenho provas, mas acho que tem alguma coisa esquisita com aquele garoto.

— É o que eu venho dizendo! — exclamo, assustando Ingrid. — Ahm, desculpe... é que você é a primeira pessoa que concorda comigo.

— Por ser do Time Vermelho, sou obrigada a ficar perto daqueles insuportáveis, Zeek e Axel. Mas Kody anda com eles porque quer. Parece que estão sempre aprontando alguma.

— Nenhum dos meus amigos acredita em mim — eu respondo. — Estão todos apaixonados por Kody. Não entendo. As coisas estão meio estranhas. Parece que o Time Verde está se distanciando ultimamente.

Ingrid para um momento antes de comentar, baixinho:

— Eu sei como é isso. Todos os meus amigos estão em minha antiga escola. E fazer amigos aqui na Escola de Aventureiros... não tem sido fácil.

Agora vejo que todos nós estávamos errados sobre Ingrid. Ela não é nenhuma bruxa malvada. É só supertímida.

— Desculpe, Ingrid. Eu deveria ter agido diferente. Deveria ter sido mais legal. Eu adoraria ser seu amigo.

Pela primeira vez, vejo um sorriso se abrir no rosto dela.

— Obrigada, Coop Cooperson.

Quando a música termina e uma luz fraquinha acende, eu percebo que estou suando feito um porco.

— Estou com sede. Você quer tomar um ponche comigo? Vou pegar para nós dois!

Vou costurando em meio à multidão e encontro a mesa de bebidas, na qual o senhor Quelíceras ainda serve o ponche de um caldeirão enorme.

— Senhor Coopersssssson. Que bom vê-lo por aqui. — Uma perna de aranha comprida e peluda se estica e me entrega uma xícara. — Aceita ponche? Todos estão parecendo gossssssstar!

— Oi, senhor Quelíceras! Vou querer dois, por favor.

Outra xícara aparece na mesma hora bem diante do meu rosto.

— Ah, então o ssssenhor consssseguiu convidar alguém para o baile?

— Bom, mais ou menos — eu explico. — Ela negou. Mas então outra pessoa me convidou e eu neguei. Mas então… bom, a história é meio complicada, senhor Quelíceras.

— Não precisa dizer mais nada! — O bibliotecário aranha esboçou um sorrisinho confuso. — Divirta-sssssse, ssssenhor Cooperssson!

Eu me viro, tomo um gole de ponche e então vejo Daz e Kody sorrindo e dançando na pista.

Ver os dois juntos é como levar um soco no estômago e, assim, as duas xícaras que eu segurava caem no chão, espirrando ponche para todos os lados. Todo mundo ao meu redor se assusta.

— Ai... desculpa! — eu digo, desesperado. Por um segundo, sinto como se estivesse de volta na cantina, coberto de sucosma com toda a escola olhando para mim.

— Coop! Você veio! — Oggie grita atrás de mim, surgindo do nada com Melanie S. Cada um traz um pano na mão para me ajudar a limpar a bagunça. — Que tremendo mico de festa, cara. Mas eu vou dar um jeito nisso. — Ele está todo chique, com um fraque preto e cartola e, mesmo assim, se ajoelha para enxugar minha bagunça.

— Nossa, que bom ver vocês dois — eu digo. — Não entendi o que aconteceu aqui.

— Não se preocupe! Melanie S. e Oggie vieram ajudar! — Oggie exclama.

Então, olho para cima e vejo Daz e Mindy paradas à nossa frente. O vestido prateado de Daz brilha com a luz, e é o suficiente para desviar minha atenção do cara pendurado no braço dela.

— E aí, Cooperson? — Kody cumprimenta.

— Como está o ponche? — Mindy pergunta com um sorrisinho irônico, ao lado de Melanie D. Ela usa um terninho azul elegante e uma calça social. — Tá gostoso?

— Muito engraçado. — Dirijo a ela um sorriso forçado.

— Coop, que bom que você veio — Daz, enfim, fala alguma coisa.

— É — Kody concorda. — Acho ótimo que você tenha tido a coragem de aparecer aqui sozinho.

— Na verdade, eu estou com a Ingrid — eu digo, orgulhoso.

Então vejo Ingrid espreitar por trás de um grupo de gente dançando.

— O-oi — ela diz, envergonhada.

Eu sorrio para Ingrid, e todos ficam se olhando sem jeito.

— Poxa, que bacana! — Oggie comemora, quebrando o silêncio. — Acho que deveríamos dançar!

Quando Oggie se junta com Melanie S. e Mindy vai dançar com Melanie D., eu me vejo parado com Daz no meio da pista, bem quando a banda começa a tocar uma música lenta.

— Q-quer dançar? — eu gaguejo.

— Claro! — Daz aceita.

Caramba! Você consegue, Coop. Como você fez com Ingrid. Dois passos de distância. Mãos na cintura da parceira. Balançar para lá e para cá. E rezar para não pisar no pé dela!

— Então... — eu digo, nervoso.

É estranho... quando estamos com nossos amigos, conversando normal, nunca me sinto tenso perto da Daz. Mas aqui, de frente para ela, com os olhos dela me encarando... cara, chego a sentir um enjoo. Não enjoo de vontade de vomitar. Mas enjoo de nervoso. E eu não sei o que dizer ou como começar a conversar. Estou divagando, não estou?

— Então... — Daz responde. — Você e Ingrid.

— Ah, pois é. Ela é muito legal, sabia? — A única coisa em que consigo pensar em seguida é: — Você e Kody, hein?

Daz dá um sorriso sem graça.

— É, ele é legal. — E aí vejo que ela retorce o nariz, como se estivesse intrigada. — Mas ele não para de falar do ponche. Meio esquisito.

Nós dois rimos, aliviando um pouco a tensão.

— Tem recebido alguma coisa interessante pelos correios ultimamente? Sabe, da casa dos Cooperson.

Daz me encara, desconfiada.

— Espero que você não se importe... que eu escreva para sua família. É que é tão bom ter alguém com quem conversar... Principalmente com sua mãe. Ela é tão legal!

— Ela é legal mesmo, né? — E quase piso nos dedos do pé da Daz. — Mas, olha, você também pode conversar comigo, sabia?

— Não sei, Coop. — A Daz fica um pouco mais séria, e ela olha para baixo. — Não sobre as coisas que venho enfrentando ultimamente. Acho que você não entenderia.

Poxa, magoou. Eu? Não entenderia? Eu entenderia, sim! Sou muito compreensivo.

— Acho que você prefere falar com Kody sobre o assunto. — Mas me arrependo de minhas palavras na mesma hora.

Daz me encara como se quisesse arrancar minha cabeça, mas, de repente, percebemos que somos um dos poucos casais que ainda estão dançado. Quase todos os outros foram para os cantos do ginásio.

— Ei, aí está você — ouço Kody dizer atrás de mim. — Aqui está seu ponche. Tome! Está uma delícia.

— Valeu — Daz responde, distraída. — Mas o que está acontecendo? Por que todo mundo tá tão estranho?

— Eu já volto — Kody diz. — Esqueci de pegar um ponche para mim.

— Eu não vi nenhuma delas — afirmo, olhando para as sombras das pessoas nos cantos da quadra. — Não estou gostando nada disso.

— Bom, assim sobra mais comida para mim. — Oggie suspira. Ele está a ponto de tomar um gole de ponche, quando vejo Ingrid correndo em nossa direção.

— ESPERA! PARA! — ela grita. — Não beba isso! — E com a velocidade de uma serpente, dá um tapa e derruba o copo da mão de Oggie.

De repente, a música para. Eu me viro e percebo que as pessoas não só pararam de dançar como também pararam de se mexer. Todos viraram PEDRA! Até a banda no palco!

— Não beba o ponche! — Ingrid repete, quase sem fôlego. — Vai... transformar você em pedra.

— Caraca — Oggie murmura, ainda olhando para as mãos vazias. — Você acabou de salvar minha vida!

— Pessoal! — Observo o diretor Munchowzen, que está parado ao lado da professora Clementine e do treinador Quag, todos eles petrificados e completamente parados feito estátuas. — Isso é ruim. Isso é muito ruim.

— Espera um segundo, como o ponche pode transformar as pessoas em pedra? — Daz pergunta. — Alguém de vocês bebeu?

Todos nós balançamos a cabeça, negando. Então, Mindy aperta os olhos e olha para Ingrid.

— Como você sabe disso tudo? Foi VOCÊ que fez isso? Você batizou o ponche com alguma coisa?

— Não! — Ingrid diz, firme. — Eu ia tomar um gole, mas senti um leve cheiro de subflorescência.

— Subflorescência? — Mindy repete, em tom de acusação. — E por acaso não foi exatamente com isso que você ameaçou Zeek? Na aula de Alquimia, você disse que transformaria o garoto em pedra!

Ingrid responde do seu jeito de sempre, sem se deixar abalar:

— Não fui eu.

— Mas você saiu daqui misteriosamente um pouquinho antes de isso tudo acontecer — Daz retruca.

— Não foi ela — interfiro, defendendo minha nova amiga. — Ingrid não faria isso.

Ficamos então em silêncio por um momento antes de Oggie dizer com convicção:

— Certo, não foi ela. Então... quem foi?

Nós todos nos espalhamos para examinar os alunos e professores imóveis. Meu coração se entristece quando vejo aqueles rostos conhecidos travados e petrificados. Será que eles estão acordados? Será que podem ouvir alguma coisa? Será que vamos conseguir fazer todo mundo voltar ao normal?

É quando percebo que há dois rostos conhecidos que não estamos vendo naquela multidão de estátuas.

— Alguém viu Zeek e Axel no baile hoje? — pergunto. — Porque eu não vi. E Kody, cadê? Ele estava aqui com a gente até um minuto atrás.

— Essa não! — Oggie grita.

> É o Kodão. Não pode ser.

> Não se preocupe, Oggie. Vamos dar um jeito de resolver isso.

— Todos vocês, venham comigo! — E eu corro para a saída. — É hora de entrar em ação, Time Verde!

— Aonde nós vamos? — Daz quer saber.

> Vamos atrás do Zeek e do Axel!

Ei, esperem por MIM!
Corre, Mindy! Você já perdeu dez minutos preparando essa mala gigante!
Princípio quatro do Código do Aventureiro...
Esperar o inesperado! Sim, nós já sabemos!

## CAPÍTULO 10

**S**aímos em disparada pela escola, com nossos passos ecoando pelos corredores vazios. Passando por baixo dos arcos enormes, corremos na direção das salas dos professores. Minha cabeça está a mil. Como Zeek e Axel puderam jogar tão baixo? Tá, uma coisa é ficar provocando as pessoas. Outra bem diferente é colar na prova. Agora, enfeitiçar a escola inteira para fazer todo mundo virar pedra? Isso é a mais pura maldade!

Para ser sincero, não sei o que está acontecendo, mas fico tranquilo por saber que minha espada está comigo. O Esplendor de Cristal. A Espada dos Cem Heróis, que ganhei de ninguém menos que meus grandes amigos gogumelos, os grandes Timbos.

Saímos correndo pelos corredores da área dos professores da Escola de Aventureiros. Uma estátua alegre de Shane Shandar paira sobre nós. Não me sinto tão alegre neste momento. Não com todos os nossos amigos e professores enfeitiçados. Mas, voltando a ele, o que Shane Shandar faria?

Passamos por um arco imponente que leva ao prédio alto da escola, entalhado diretamente em um pilar de pedra enorme que vai do chão ao teto da caverna gigante que abriga a Escola de Aventureiros.

— Por aqui! O cofre da escola fica no porão! — Eu deslizo com os pés e paro na frente de uma porta dupla gigante de bronze, mas não dá pra abrir.

— Droga, as portas estão trancadas! — Oggie chacoalha as maçanetas.

— Zeek e Axel devem ter trancado as portas.

— O que vamos fazer, Coop? — Oggie empurra com toda a força, mas as portas nem se mexem.

Olhem ali em cima! — Daz aponta para uma abertura de ventilação lá no alto. — Alguém pode me dar um apoio aqui? Eu posso entrar rastejando por cima e abrir as portas.

— Vou fazer melhor. — Mindy bate as asinhas e, ágil como uma lança, ela sobe voando até a abertura e desaparece dentro da sala.

— Às vezes esqueço que ela consegue voar. — Oggie fica olhando, maravilhado.

— Quase chegando! — A voz distante de Mindy vem ecoando lá de dentro da sala vazia. Alguns segundos depois, ouvimos um **CLIQUE** bem alto, e as portas de bronze se abrem.

— Venham, por aqui!

Descemos apressados vários lances de escada até chegar ao porão. O lugar está cheio de teias de aranha, caixas empoeiradas e carteiras velhas de sala de aula cobertas por uma lona mofada. Mas não há nenhum sinal de cofre por ali.

— Tem que estar em algum lugar. — Daz analisa a sala.

— Olhem só! — Mindy aponta para uma placa de metal manchada que diz COFRE DA ESCOLA, que aponta para um corredor comprido e estreito.

— Vamos logo, mas falem baixo — eu instruo todo mundo, e todos concordam acenando a cabeça.

— Coloque com cuidado — Zeek resmunga para Axel.

Os dois estão amontoados em volta do que parece ser a trava do cofre.

— Cuidado com esse negócio aí! É ácido alquímico! Se serve para derreter cadeados de metal, pensa só o que pode acontecer se cair no meu sapato! — Zeek grita com Axel, que pinga com todo o cuidado algumas gotas de um líquido amarelo na fechadura da porta do cofre. O cadeado faz um chiado e solta fumaça quando o ácido começa a corroer o metal.

— Parados vocês dois! — eu grito, saindo de nosso esconderijo.

Zeek e Axel tomam um susto tão grande que chegam a dar um pulo.

Axel aponta para Zeek, desesperado.

— Ei, não olhem para mim. Foi Zeek que teve a ideia de roubar o gabarito!

— Axel, seu traidor!

— Boa tentativa — Daz retruca. — Não estamos falando sobre as respostas da prova de Runas e Enigmas, que vocês roubaram.

— É — eu digo, cheio de confiança. — Cadê o antídoto?

Zeek passa os olhos por todos nós. Um olhar completamente confuso faz seu rosto todo enrugar.

— Antídoto para quê? Do que vocês estão falando?

Agora sou eu que fico confuso, mas conhecendo Zeek, a resposta dele pode ser uma manobra.

— Para o feitiço! Se não foram vocês que petrificaram toda a escola, quem foi, então?

— Calma, como é que é? A escola toda virou pedra? — Axel fica com seu queixo enorme caído.

— Todo mundo virou pedra? Ah, tá bom! — Zeek zomba.

— É verdade. Alguém enfeitiçou o ponche no baile de boas-vindas. — Ingrid dá um passo à frente, encarando Zeek, sem saber se seu companheiro de time está mentindo ou não.

— Se tem alguém que fez todo mundo da escola virar pedra foi você! A BRUXA! Você mesma disse, lembra?

Nós todos nos olhamos, sem saber como agir. E então, Mindy pula para a frente.

— O feitiço é de verdade, Zeek! E não poderia ter sido Ingrid. Foi ela que nos salvou. Nós quase tomamos o ponche.

— É, se não fosse por Ingrid, nós todos estaríamos petrificados! — Oggie faz uma careta e congela, como se tivesse virado uma estátua.

— Desembucha, Zeek — Daz ordena. — Se você não roubou o *Arkimunda Coagudex* e a subflorescência... quem foi?

— Isso é maluquice! — Zeek dá de ombros. Ele começa a ter um chilique quando, de repente, o cadeado que estava derretendo destrava! Todo o mecanismo cai no chão, formando um monte de meleca derretida e fumegante. — Bingo! — Zeek dá um sorrisinho. — Não sei vocês, mas nós não vamos tomar bomba em Runas e Enigmas. Não existe nenhum motivo no mundo para não usarmos as respostas!

Quando estou prestes a dizer para Zeek que não faria isso de jeito nenhum, um alarme ensurdecedor dispara de dentro do cofre da escola.

— O que é...? — Zeek cobre os ouvidos com as mãos.

**TRIM, TRIM, TRIM, TRIM, TRIM, TRIM,**

Depois do barulho retumbante do alarme, ouvimos o som das portas se fechando com tanta força que as dobradiças se soltam, e assim, as portas começam a se inclinar em nossa direção!

— Vai cair! — eu grito, saindo do caminho antes de a porta gigante despencar no chão. — Saiam todos da frente!

**BAM!** A porta do cofre se choca no chão com toda a força, e o barulho parece o de uma moeda gigante tilintando no chão. Toda a construção treme. Como se estivéssemos pulando em uma cama elástica, nossos pés de repente perdem contato com o chão por um momento, e todo mundo cai. O lugar é tomado por nuvens de fumaça, enquanto a porta de metal do cofre fica balançando no chão, soando como um gongo.

Zeek e Axel tentam ficar em pé, mas outro portão de barras de ferro fecha com força a entrada do cofre, bloqueando a saída deles.

— Só pode ser brincadeira! — Zeek berra.

De repente, vemos uma luz vermelha atravessar a escuridão formada por aquela nuvem de poeira. O som de engrenagens mecânicas ronca, vindo da porta caída no chão, e seis tentáculos segmentados saem debaixo e das laterais da porta, balançando loucamente para todos os lados. A porta se ergue, transformando-se numa espécie de sentinela mecânica!

— Ahm, pessoal? — Mindy está com os olhos arregalados.

A besta-fera mecânica se ergue sobre nós. Seus olhos vermelhos brilham muito, e seus tentáculos vêm pisando cada vez mais perto. Eu aperto mais ainda o Esplendor de Cristal.

Oggie engole em seco.

— Acho que Bernie Bevelokwa falou sério quando disse que a Escola de Aventureiros estava melhorando a segurança.

— Que negócio é esse? — eu pergunto, sem esperar qualquer resposta.

— Se não estou enganada, é um guardião-púlver! — Mindy chacoalha a cabeça. — A tecnologia púlver mais avançada que o reino dos xourins tem a oferecer!

— Ahm, você acha que ele é nosso amigo? — Oggie pergunta com um toque de sarcasmo.

Mas o guardião-púlver responde soando uma trombeta mecânica que poderia competir com o rugido de um dragão.

As pernas mecânicas e pontudas tentam nos acertar, e a cada batida no chão, sentimos um terremoto. É só uma questão de tempo até a máquina gigante esmagar todos nós.

— Amigos, se espalhem! — eu grito, e o time segue minha ordem. — Vamos deixá-lo confuso.

Outro tentáculo se debate e acerta o chão, arrancando pedras do lugar. A rocha vai se partindo e formando uma teia debaixo de nossos pés.

Mindy voa aleatoriamente entre as pernas da máquina, enquanto Oggie desliza para a esquerda, atravessando a nuvem de poeira. Daz dá um pulo e vai para a direita, enquanto Ingrid mergulha para se esconder entre blocos de pedra destroçados. Até Zeek e Axel começam a correr e ziguezaguear para tentar confundir o guardião-púlver.

A máquina tenta vir atrás de todos nós, mas não consegue. Ela fica ali, hesitando. O cérebro mecânico dentro dela deve estar calculando qual alvo atacar. Hesitação! Talvez eu possa usar isso como vantagem.

Com o Esplendor de Cristal nas mãos, sinto as chamas acenderem em volta do fio da espada.

Como se sentisse a ameaça, o corpo do guardião-púlver gira em minha direção. Fazendo um **CLEC, CLEC, CLEC,** o casco da máquina se abre e mostra um compartimento cheio de flechas.

— Essa não — eu resmungo.

**TCHIN, TCHIN, TCHIN, TCHIN!**

Uma saraivada de flechas atinge o chão bem atrás de mim, e eu vou pulando, saltando e saltitando para tentar desviar. A máquina dá uma guinada em minha direção, e seu motor ronca feito o rugido de um monstro. Por um momento, eu me perco no redemoinho de poeira e quase não consigo me desviar de uma martelada de um de seus tentáculos.

— Estou precisando de uma ajudinha aqui, Time Verde! — eu grito.

— Tô contigo, Coop! — E, correndo para a luta, Oggie balança seu martelo com as duas mãos. Mas a lâmina do martelo acerta um tentáculo de metal, e a vibração volta para o corpo de Oggie. — Que é issooooo?!

O guardião-púlver gira como um pião, atacando com seus tentáculos. Cada um parece agir por conta própria. Um deles golpeia Oggie, que vai parar em um bloco de pedra atrás daquele em que Ingrid está escondida. Com um puxão rápido, ela consegue livrar Oggie de outro golpe.

Aquela massa enorme de metal solta um rugido metálico, e seus olhos começam a brilhar cada vez mais.

Com destreza, Daz se desvia de outro golpe que a esmagaria, mas de repente aqueles olhos vermelhos da máquina começam a soltar uma luz forte que chega a doer nos olhos, e então soltam um raio espetacular de luz vermelha. Um feixe de luz acerta o chão feito um trovão. Daz arregala os olhos ao ver a fumaça que sai do buraco que se forma bem no lugar onde ela estivera.

— Que ótimo, agora essa coisa atira — ela faz uma gracinha, assoprando para tirar o cabelo da frente dos olhos.

Atrás do pedaço do chão virado para cima, eu planejo meu próximo ataque. O Esplendor de Cristal é forte. Se eu conseguir acertar o movimento, tenho certeza de que posso cortar aqueles tentáculos. Mas, por um segundo, me distraio com alguma coisa que está se mexendo em alta velocidade naquela escuridão.

Uma figura misteriosa salta com facilidade pelo meio dos tentáculos do guardião-púlver e então desaparece na escuridão do cofre. Não pode ser, mas tenho a impressão de que conheço aquela capa de algum lugar, como a do…

— Dorian Ryder? — eu me pergunto. Mas não dá tempo de especular ou de tentar detê-lo.

O guardião-púlver vem pisoteando por cima dos escombros atrás de mim. Seus olhos estão cada vez mais vermelhos e brilhantes. O estalido de outro disparo a *laser* chega a esquentar o ar ao meu redor.

— Coop! — Daz grita de longe.

Eu engulo em seco ao perceber que a luz passou bem por cima da minha cabeça.

**ZAAAAAAZ!**

O tiro a *laser* dispara em minha direção e, num reflexo, me protejo com o Esplendor de Cristal. Soltando um estalido agudo, a lâmina em chamas desvia o *laser!*

Fazendo um estrondo, o guardião-púlver cai no chão, perdendo um de seus tentáculos. Sua carapaça blindada range e apita, reclamando. Nervoso, seus olhos vermelhos se acendem e começam a disparar rápido em todas as direções.

Eu desvio o primeiro tiro, mas o segundo me faz voar para o lado. Em seguida, vêm o terceiro e o quarto tiros fulminando o chão, e percebo que não tenho chance de escapar do quinto que está por vir.

E então Daz se lança feito um falcão, tirando-me do caminho, e dá um mortal para trás, saltando por cima do *laser*. Empunhando suas duas adagas, ela se lança em um movimento espetacular na direção dos olhos brilhantes e consegue destruí-los! O guardião-púlver finalmente está fora de serviço.

— Valeu, Daz! — Estou ofegante.
Daz sorri.
— Imagina. Você faria o mesmo por mim.
— Tá, e quem era aquela pessoa vestida com um manto? — Mindy pergunta, sem fôlego. — Eu vi alguém se escondendo no cofre durante a luta!
— Eu também vi. Quem era, Zeek? — eu pergunto.
— Ei, nem olhem pra mim! — Zeek choraminga.
— Vejam, a pessoa passou pelas barras de ferro! — Ingrid aponta para o segundo portão já aberto. No chão, havia só uma poça de metal derretido.
Fico observando a escuridão do cofre aberto.
— Olha, uma coisa é certa. Essa pessoa sabe as respostas.

TNK TNK TNK TNK

CAPÍTULO

# 11

Sem perda de tempo, corremos para dentro do cofre e descemos um lance de uma escada de metal. Não consigo parar de pensar na ideia de alguém como Dorian Ryder invadindo a escola e causando confusão. Mas, quanto mais eu penso nisso, mais convencido fico de que deve ser ele mesmo voltando para se vingar.

O que ele quer no cofre? Bom, isso eu não sei.

— Uau... — Mindy murmura, maravilhada com a arquitetura robusta toda de metal à nossa volta. — Isso sim que é tecnologia. Se não estou enganada, este lugar é todo feito de durício e minério de estrela-da-terra, que são alguns dos metais mais fortes da Terra de Eem.

— Se é tão forte assim, como foi que Zeek e Axel quebraram o cadeado? — Oggie reflete enquanto passamos por uma câmara onde fica guardada uma coleção de bugigangas e engenhocas expostas em pedestais e prateleiras.

— Boa pergunta. Onde *vocês* conseguiram aquele ácido brilhante bizarro? — Daz enfrenta os dois.

— Ficou curiosa, é? — Zeek zomba.

— No mundo da Alquimia, há poucas preparações que conseguiram derreter um material tão forte — Ingrid deduz. — E imagino que essas receitas estejam no *Arkimunda Coagudex*.

— Então vocês roubaram o livro mesmo! — eu digo para Zeek.

— Não roubei livro nenhum! — Zeek resmunga, distraído. — Mudando de assunto, onde será que eles guardam as respostas das provas aqui? — Ele corre na direção de uma parede onde há um arquivo de bronze e puxa a alça de uma das gavetas. Nem se mexe. — Droga, tá trancada!

Corremos a toda velocidade, passando por outra sala cheia de mapas, e chegamos a um corredor extenso. Lá no final, vemos o ladrão agachado na frente de uma porta fechada, com sua silhueta escura envolvida por um manto preto. Não consigo ver seu rosto, mas no fundo eu sinto que é ele.

— Dorian Ryder! — eu grito. — Não sei o que está planejando, mas você não vai escapar!

Mas o ladrão nem se vira.

— Você disse "Dorian Ryder"? — Oggie pergunta, e todos me olham, assustados.

— Os exilados? — Mindy parece chocada. — Você acha mesmo que…

De repente, a porta atrás de nós se fecha com uma batida, e ouvimos uma sequência de **CLIQUES** e **CRECS** e o disparo estridente de um alarme: **RING RING RING**. Luzes vermelhas começam a piscar e um zumbido surge em cima de nós, seguido do som de correntes batendo umas nas outras.

Eu me jogo no chão quando vejo uma bola de demolição vir em minha direção. Ela passa raspando por cima de mim e chega a bagunçar meu cabelo. Em seguida, várias serras dentadas saem do chão e das paredes e vêm me atacar. Eu tropeço para trás e esbarro em Daz.

— Sai daí! — ela grita, me tirando para longe do perigo, e nós conseguimos escapar por pouco de outra bola preta que balança em nossa direção. Essa foi por pouco!

Essa passou ainda mais perto.

Axel, porém, não tem tanta sorte. Ele tenta se desviar de uma serra que vem zunindo, uma bola de demolição o acerta nas costas e ele capota no chão. Zeek se arrasta feito uma barata tonta procurando se salvar, mas Oggie agarra Axel pelo braço e o ajuda a se erguer antes de uma serra no chão cortar suas costas.

— Pô, valeu — Axel agradece, assustado.

Mas não temos tempo para gentilezas. Fazemos o possível para seguir em frente naquele corredor sem (literalmente) perder nossas cabeças — ou nossos braços ou pernas! Enquanto isso, Dorian Ryder está na porta, sem sequer se importar com nossa presença. Ele consegue se desviar de todos os perigos com a destreza de um gato. E, do nada, o mecanismo do cadeado faz um *POP* e começa a derreter feito manteiga. A porta ao lado da câmara se abre, e Dorian começa a rir antes de escapar.

— Atrás dele! — Mindy grita.

Finalmente, conseguimos passar pelo desafio do zumbido das serras circulares e dos rodopios das bolas de demolição. Entramos na última câmara do cofre. Dentro, há uma coleção estranha de artefatos e outros objetos, alguns deles já revirados e jogados no chão. Todos os tipos de coisas que poderiam ser desenterradas em uma missão de aventureiros: armaduras antigas, cajados de poder, obras de arte perdidas, baús dourados, pedras brilhantes e o objeto que foi parar nas mãos de Dorian Ryder... algo como uma chave brilhante.

— Você não tem saída! — eu grito ao perceber que estamos parados entre ele e a única porta da câmara. — Você nunca vai passar por nós! Desista de uma vez e não teremos que brigar.

— Não tenho saída, é? — Dorian ri. E nesse momento ele tira uma pedra preta bem conhecida do seu manto.

Eu deveria ter imaginado! Como aconteceu quando ele conseguiu fugir da caverna do Zaraknarau!

Sem pensar duas vezes, corro na direção de Ryder, sem medo.

— Peguem o cara! — eu grito, e todo mundo vem atrás.

Como eu esperava, um redemoinho de luz negra começa a crepitar atrás de Ryder, formando um portal mágico. Dorian dá um salto para atravessar, e eu tento agarrá-lo pelos pés. Mas só consigo pegar o ar!

— Não podemos deixar Dorian fugir! — Mindy grita. — Ele pode ser nossa única chance de salvar a escola!

— Então, vamos atrás dele na Subterra! — eu grito.

O redemoinho preto está girando a poucos centímetros de nós. É agora ou nunca.

## CAPÍTULO 12

Formando um clarão, o portal nos engole por inteiro. Uma força estranha e sobrenatural se apodera de mim, e meu cabelo fica em pé com aquele efeito de estática que sinto quando tiro uma blusa de lã. A luz fica cada vez mais brilhante e muda de cor. Vermelho, verde, azul, amarelo! De repente, eu me sinto sem peso algum, simplesmente flutuando em um redemoinho de luzes tremeluzentes que mudam de cor. E onde estão meus amigos? Lá estão eles, voando!

Oggie, Daz, Mindy, Ingrid, Zeek e Axel vêm caindo pelo ar, balançando os braços. Tenho a sensação de que estamos despencando cada vez mais rápido. Mas é estranho, porque não caímos para baixo. Estamos caindo para cima! Que lugar é este?

— Estão todos bem? — pergunto, e minha voz ecoa por aquele túnel disforme.

— Eu já estive melhor! — Mindy grita, irritada, tentando se ajeitar com suas asinhas.

— Alguém fala para essa coisa ir mais devagar! — Oggie parece passar mal, dando piruetas no ar. — Acho que vou vomitar!

— Eu que o diga! — Daz responde, espremendo os olhos.

— E você, Ingrid? — Essa não, não consigo ver Ingrid no grupo. Mas ela estava aqui agora mesmo! — Ingrid, cadê você? Você está bem?

E aí vejo Ingrid balançando pelo ar no meio de nós.

— Ihuuuuuu! — Ela ri ao avançar rápido na direção de um círculo de luz azul pulsante.

— Que negócio é esse? — Oggie arqueia uma sobrancelha.

Mais um clarão de luz brilhante e o portal nos cospe para fora. Tudo o que sinto é uma rajada de vento, seguida de um brilho que muda de cor em meus olhos. Em questão de segundos, estamos caídos no chão, em cima de pedras.

Sentindo-me um pouco tonto, eu me sento, cuspo os gravetos que ficaram em minha boca e tento me situar. Mas minha cabeça lateja.

— Que divertido! — Ingrid sorri de orelha a orelha.

— Divertido, diz ela! — Mindy zomba, esticando as asinhas. — Então você acha divertido mergulhar em redemoinhos mágicos enlouquecidos?

— Aham. — Ingrid dá de ombros.

— Gosto é gosto — Oggie resmunga. — Mas eu prefiro que a gente nunca mais faça isso.

— Pessoal... Aonde é que viemos parar? — Daz olha em volta, com uma expressão que parece ser um misto de deslumbramento e confusão total.

Estamos em uma caverna subterrânea colossal que deve ser dez vezes maior do que a caverna em que a Escola de Aventureiros foi construída. Um feixe de luz natural passa por uma abertura minúscula acima de nós, conferindo um pouco de iluminação.

— Uau, o que é aquilo? — Analiso uma pedra enorme, um obelisco, que impera lá no alto, com uma forma entalhada de uma serpente enorme parecendo nos fuzilar com os olhos. Abaixo da cobra há uns símbolos estranhos que nunca vi antes. Não sei bem por que, mas essa coisa me dá arrepios.

Uau, olhem só para essas runas! Deve ser isso que faz o portal funcionar! Algum tipo de passagem.

Cobra maneira.

Dorian Ryder não pode estar tão longe. Precisamos seguir!

— Lá está ele! — Ingrid grita, apontando para o outro lado do monolito de pedra.

Dorian Ryder, com seu manto coberto de poeira, se vira em nossa direção, mas eu ainda não consigo ver seu rosto.

— Não acredito. Vocês atravessaram o portal para me seguir? Fizeram uma grande besteira!

Daz gira suas adagas.

— Tem certeza? Acho que você é minoria aqui.

— Seja lá o que você estiver aprontando... — Oggie fala em um grunhido, brandindo seu machado.

— Acabou para você — Mindy termina a frase de Oggie, com o arco preparado com uma flecha.

Eu aponto o Esplendor de Cristal para ele.

— Desista, Dorian.

— Quem vocês estão chamando de "Dorian"? — diz uma voz atrás de nós.

Pegos de surpresa, nós nos viramos para trás. Umas figuras se aproximam de nós, vindas das sombras. Uma delas vem para a parte iluminada, e meu queixo cai. Mal posso acreditar no que meus olhos veem.

— Dorian? — eu pergunto, sem acreditar, completamente confuso.

— O primeiro e único — Dorian responde, todo cheio de marra.

— Então quem é aquele ali? — Oggie aponta para o ladrão do cofre.

A figura coberta pelo manto vai para o lado de Dorian e tira o capuz.

KODY? Não posso acreditar! Minha boca tenta dizer alguma coisa, mas fico totalmente sem palavras.

— Kodão? — Oggie se assusta, e seu rosto murcha. — Não, não pode ser... não pode! É claro que é uma piada, né?

— Mas você estava enfeitiçado! — Daz chacoalha a cabeça, sem acreditar. — Nós te vimos petrificado!

E aí cai a ficha! O armário do Kody! Tinha uma estátua estranha dele lá. Já devia fazer parte de seu plano maligno! Era para parecer que ele era mais um estudante azarado no baile de boas-vindas. Kody sacaneou com a gente o tempo todo!

— Então a estátua em seu armário não era um projeto de artes! — eu afirmo. — Era só para despistar todo mundo.

Zeek interrompe, num momento abrupto de epifania:

— Tem razão! Eu também vi a estátua no quarto do Kody. — E então ele para por um segundo. — Peraí, mas como VOCÊ sabe disso, Cooperson?

Ignorando Zeek, eu me movimento para brandir o Esplendor de Cristal, mas, antes de conseguir, sinto uma argola de metal em volta do meu pulso. Os exilados partem para a ação. Eles nos cercam e prendem nossas mãos.

— Ei, solta a gente! — Eu exijo, mas eles arrancam a espada das minhas mãos.

Oggie está chocado demais com a presença de Kody ali para reagir. E quando Daz tenta resistir, um dos exilados, um vougue ainda maior do que Axel, a segura em um abraço de urso.

— Sem chance — Dorian afirma, despreocupado. — É assim que nós recebemos nossos convidados no Castelo dos Exilados.

— Castelo dos Exilados? — É nessa hora que vejo a forma escura de um castelo preto ameaçador a distância, construído nas rochas do mundo subterrâneo.

O grupinho de reprovados da Escola de Aventureiros começa a rir à nossa volta, como se fôssemos a coisa mais engraçada que eles já viram na vida. Há vários deles! Muito mais exilados do que eu podia imaginar.

Kody pega a chave roubada de uma bolsa e mostra para os outros.

— Olhem só! — ele diz, orgulhoso.

Alguns deles erguem a mão para um "toca aqui", mas Dorian faz uma careta ameaçadora e tira a chave brilhante da mão de Kody.

— Nada mal. Parece que a missão foi mesmo um sucesso.

— Não acredito! — Mindy faz cara feia para Kody, e as suas correntes rangem. — Aposto que foi você que roubou o *Arkimunda Coagudex* também!

— E as subflorescências da sala da professora Clementine — Ingrid conclui, com um olhar venenoso.

— Diga que é mentira. — Oggie ainda está chocado. — Kodão... você é um dos exilados? De verdade?

— Foi mal, amigão! Exilado dos pés à cabeça. — Kody dá risada: — Hehehe, hihihi.

— Eles te chamam de Kodão? — Dorian zomba, e alguns dos outros exilados riem. — Que péssimo.

O Kody é Kodar? A coisa só fica pior. E ele nem é um bicho-papão! É um coiotuivo! Disfarçado de bicho-papão com a ajuda de uma espécie de colar mágico.

— Por Gandy! — Mindy toma um susto. — Um amuleto de transmogrificação aparente!

— Minha nossa! — O queixo de Oggie despenca de vez.

Daz franze as sobrancelhas.

— Eu me sinto tão idiota!

— Eu sabia que tinha alguma coisa estranha com você! — digo.

— Pois é. — Kodar esboça um sorrisinho malicioso. — Eu enrolei a escola inteirinha. Moleza.

Olhamos uns para os outros, perplexos. É verdade. Kodar enrolou todo mundo. Como todos da Escola de Aventureiros puderam ser tão cegos?

— Você não vai se safar desta vez — afirmo, direcionando minha raiva a Dorian Ryder.

— Ah, é? — Dorian tira sarro. — Acho que já nos safamos, viu? Vocês estão ferrados, e a Escola de Aventureiros ACABOU.

Os exilados riem de novo, e o deboche deles penetra meu ouvido feito uma agulha.

— Agora é melhor começar a se mexer. — Dorian mostra a chave roubada. Ela brilha no escuro da caverna. — O mestre vai querer ver nosso prêmio.

— Mestre? Que mestre? — Oggie pergunta.

— Ele está falando de Rake — eu informo com tristeza. — Lazlar Rake, o líder dos exilados.

Nossas correntes são esticadas quando Dorian e os outros começam a nos puxar por um caminho de pedra que leva ao Castelo dos Exilados.

— É isso aí — Dorian diz. — E não queremos deixá-lo esperando.

CAPÍTULO

# 13

— **Bem-vindos ao Castelo X. —** Dorian Ryder dá um sorrisinho sinistro.

A enorme porta levadiça muitíssimo afiada abaixa atrás de nós, produzindo um som estridente que reverbera no ar. Se ainda não tivesse caído a ficha de que nós agora éramos prisioneiros dos exilados, isso certamente bastaria para que entendêssemos de vez.

Dorian caminha à nossa frente com um gingado confiante.

— Rake vai adorar. Além de estarmos com a chave na mão, conseguimos capturar os melhores alunos da Escola de Aventureiros — ele afirma, com sarcasmo.

— É lamentável que este bando de fedelhos seja o melhor que aquela porcaria de escola tem a oferecer — zomba um exilado, um bicho-papão todo descabelado e sem um dente da frente.

— Bom, pelo menos eles vão render uma refeição bem generosa para os nether bhargs. — Dorian solta uma gargalhada.

*Nether Bhargs?* Que raio é um nether bharg? Só sei que não pode ser nada bom. O resto dos exilados, rindo à beça, nos empurra para passarmos pelo portão principal do castelo. Sinto um vento gelado. O teto é tão alto que some na escuridão. As paredes são cobertas por uma confusão de grafite: cores fluorescentes como rosa, azul e vermelho, respingos de tinta e frases ameaçadoras como "Exilados Unidos", "Rejeitados e Expulsos" e "Geração Caverna".

Na luz fraca das tochas, eu vejo de relance umas coisas que parecem gárgulas ameaçadoras olhando para nós com seus olhos petrificados. Seus corpos de serpente, alguns com asas, estão empoleirados no alto das paredes recortadas e em ruínas. Olho para

Somos conduzidos por um corredor sinuoso e passamos por um depósito cheio de comida. Há embalagens de lanches e porcarias empilhadas até o teto: pacotes de torresmo de orc, barrinhas de geleia de mungo, miojo de javalesma e latinhas de refrigolante até onde os olhos alcançam. Todo o grupo de exilados para e começa a abrir as caixas como uma matilha de lobos famintos.

> Ei, me dá isso!
>
> Não, é o último!
>
> Nossa, eu tava com saudade disto.
>
> A comida na Escola de Aventureiros é nojenta!
>
> Ei, podemos comer um pouquinho?

Dorian abre uma latinha de refrigolante e oferece para Oggie, mas antes que ele pudesse pegar com as mãos acorrentadas, Dorian dá um golão e joga a lata contra a parede, causando uma explosão de xarope gaseificado.

— Isto responde a sua pergunta, prisioneiro? — Dorian grita, e todos os exilados têm um ataque de riso.

Quando eles terminam de comer, a única coisa que sobra é uma pilha de latas e embalagens vazias.

— Uau — Zeek murmura, de olhos arregalados.

Daz olha para aquela cena, apavorada.

— Eles não vão limpar essa bagunça?

— Eles não vão dar nem um pouco pra nós? — Oggie reclama, com água na boca. — Poxa, que desperdício jogar fora assim o refrigolante. Ainda mais aquele. Era de Uva Assombrosa!

— Ei, silêncio, ralé das cavernas! — ordena um vougue grande e fortão. Atrás de nós, empurrando-nos para seguirmos em frente, ele faz Oggie e Axel parecerem minúsculos.

Somos conduzidos para outro corredor escuro, e lá no alto ouço o som inconfundível de uma batalha: metais batendo, chacoalhando e tilintando, seguido de tiros e estouros. Instintivamente, tento pegar o Esplendor de Cristal, mas lembro que nossas armas foram tiradas de nós. Quando entramos em uma câmara enorme, fico chocado com o que vejo em seguida.

Um exilado usando uma luva enorme de metal atira outro raio de energia crepitante, que erra o alvo, derrubando uma parte da parede de pedra do outro lado da sala. Eu tremo só de pensar no que aconteceria se o tiro acertasse o alvo. Parece até que eles estão tentando se machucar.

— Já chega! — Dorian grita.

Todos param de fazer o que estavam fazendo e se viram para Dorian, que dá um passo para entrar na sala. Por um momento, penso que Dorian vai gritar com eles por terem deixado as coisas saírem de controle. Mas, em vez disso, ele resmunga:

— Que patético! Vocês chamam isso de luta? O alvo estava à sua frente e você errou feio. Você poderia ter detonado Tyce. Mas, não, você baixou a guarda.

— Foi mal, Dorian — diz um xourim baixinho e atarracado.

— Foi mal? — Dorian empurra o xourim, que cai no chão. A forma como ele age faz o treinador Quag parecer um filhotinho de cachorro. — O mundo lá fora não liga para suas desculpas, seu energúmeno! Você vai morrer, assim! Levante-se agora mesmo!

Dorian cospe no chão e grita:

— Vorme Gogue!

No início, não sei com quem ele está falando, até que aparece um diabrete fortinho esvoaçando em zigue-zague em nossa direção, até cair no chão. Ele usa um tapa-olho e uma túnica preta surrada.

— Convoque o mestre Rake! — Dorian ordena ao diabrete.

— Claro, mestre Dorian. — E Vorme Gogue faz uma reverência.

— AGORA! — Dorian grita. — Depressa!

— S-sim, senhor! — Vorme Gogue toma um susto, recua e vai esvoaçando até uma das vigas da câmara, onde se pendura na corda de um sino gigante.

**DING! DONG! DING!** O som ecoa e faz tremer as paredes do castelo. Nós, que estamos presos pelas correntes, trocamos olhares nervosos, até Zeek e Axel, esperando para ver o que vai acontecer.

De repente, Dorian se ajoelha, como um cavaleiro se ajoelha para um rei, e todos os exilados seguem seu exemplo. O vougue grandão nos dá um chute e resmunga:

— Vocês também, vermes! Demonstrem respeito!

Todos nós nos ajoelhamos, e é então que eu o vejo: Lazlar Rake. Ele vem cambaleando devagar, descendo as escadas até chegar à câmara e passando por uma porta que parece a cabeça de uma serpente com presas.

Seguido por uma pessoa, um médico ou cientista, Rake usa uma bengala e uma armadura de metal no peito, de onde saem uns tubos esquisitos. Quando ele olha para cima, e eu finalmente consigo ver melhor seu rosto, sinto um arrepio descer por minha espinha. Abaixo de seus olhos frios e cansados há um nariz prateado de duende e um queixo de ferro. Não consigo entender se ele está usando uma máscara ou se aquilo é uma parte do seu rosto.

— Mestre... — Dorian se levanta.
Rake caminha lentamente até o trono, ofegando a cada passo, e pergunta:
— Por que você me tirou do meu tratamento?
Antes de Rake se sentar, o xourim esquisitão parado ao lado dele injeta um líquido vermelho-escuro em um dos tubos que saem de seu peito, fechando a abertura logo em seguida. Ouve-se então um zunido estranho, e a respiração difícil de Rake fica menos barulhenta.

— Tenho uma coisa para você, mestre Rake — Dorian diz com orgulho, balançando a chave roubada. — A missão de infiltração na Escola de Aventureiros foi um sucesso. A chave rúnica para a tumba de Audrástica é nossa.

Chave rúnica para a tumba de Audrástica? É o que de quem? Pode acreditar que você não é a única pessoa que não tem NEM IDEIA do que eles estão falando.

— Fui eu que consegui a chave! — Kodar resmunga. Ele corre até o lado de Dorian e pega a relíquia. — Eu deveria estar apresentando a chave a Rake!

— E quem ajudou a planejar a coisa toda? De quem foi a ideia de fazer todo o mundo virar pedra? Minha! — Ryder retruca.

Os dois exilados começam a discutir.

— Você nunca teria pensado naquele plano, Kodar. Ou será que devo te chamar de... Kodão! Há!

— Cala a boca, Ryder!

— SILÊNCIO! — Rake urra. A voz dele tem um som metálico. Dorian e Kodar se calam e olham para o trono. Rake acena com sua mão mecânica, ordenando que lhe entreguem a chave.

— Eu não me importo com QUEM vai me entregar, tragam logo a chave para mim!

Rake toma a chave de Dorian, e suas mãos tremem de tanta empolgação.

— Isso... — ele sibila. — ISSO! Nossa busca está um passo mais perto do fim. — Rake se joga para trás no trono, revirando a chave nas mãos como se fosse uma joia preciosa. — Vocês trabalharam bem. Vocês todos. Entendido? Essa vitória é de TODOS nós.

Olho para os lados e vejo todos os exilados concordando com a cabeça ao ouvir as palavras de Rake.

— Já temos uma lasca da Pedra dos Desejos, e agora a segunda está em nossas mãos. Com esta chave, as lendárias armadilhas mortais da tumba da feiticeira de gelo serão... brincadeira de criança. — Rake começa a rir, e sua risada logo se transforma em uma tosse seca e curta, como se o pulmão dele fosse saltar para fora.

O médico xourim parece preocupado, mas Rake dispensa seus cuidados.

> E então só nos resta...
> ⸘Cof cof⸮
> Encontrar a terceira e última lasca.
> E quando a Pedra dos Desejos estiver toda reconstruída, os exilados...
> vão MUDAR O MUNDO.

Todos começam a berrar e comemorar com alegria, batendo os pés no chão e dando tapas uns nas costas dos outros.

Assim que a sala fica em silêncio, Dorian dá um passo à frente.

— E os prisioneiros, mestre Rake? Eles atravessaram o portal para seguir Kodar. O que fazemos com eles?

— É, o que a gente vai fazer com eles, Rake? — pergunta o bicho-papão com cara de fuinha. — Vamos enfiar todos numa cela e jogar a chave fora?

— Ou alimentar os nether bhargs com eles? — grita um exilado, e suas palavras saem com uma alegria ameaçadora.

Daz agarra meu braço, como se, juntos, pudéssemos nos preparar para o pior.

— Mas é claro que não! Isso não é jeito de tratar nossos convidados — Rake zomba.

— E então o que vai ser, mestre? — Dorian pergunta.

Rake responde, cheio de energia:

— Vamos convidá-los para o jantar, é claro!

Todo mundo parece ficar confuso, principalmente, nós, os alunos da Escola de Aventureiros.

— Soltem as correntes! — A boca do Rake se curva em um sorriso de canto, que fica visível por cima de seu queixo de metal. — Eles vão participar do nosso banquete de comemoração!

## CAPÍTULO
# 14

**P**arece ter de tudo no Castelo X, e o salão de banquete não é diferente. Uma mesa de seis metros de comprimento transborda com comidas de todos os tipos: carnes fumegantes, ovos de zozorinhos cozidos e um baú absurdo cheio de porcarias. Que vida boa os exilados têm! Há também tantos doces e salgadinhos que fariam meus pais terem um chilique! Miojo de javalesma, rolobúrguer de jumule, barrotes de chocolate crocoso, balas azedoidas de limorango, fritex de enguia sabor queijo e uma verdadeira montanha de latinhas de refrigolante de todos os sabores. Mas nem com tanta comida os exilados param de brigar por tudo como um bando de animais selvagens na hora de se sentar à mesa.

Oggie pega uma carne gigante, que imagino ser uma coxa de megagrilo assado.

— Precisamos nos manter fortes, né? **NHAC!** — Oggie dá uma mordida e enche a boca com a carne azul carbonizada. — Que delícia! — ele fala de boca cheia.

— Coma, coma! — Rake incentiva, mas ele mesmo não participa do banquete. — Um jovem forte como você deve ter um apetite de leão. — E aponta para o resto de nós. — Isso serve para vocês. Aqui no Castelo dos Exilados, o que é nosso é de vocês também.

— Depois do que você fez, prefiro morrer de fome do que comer sua comida. — Daz empurra o prato para longe.

— É mesmo? — Rake responde com olhar surpreso, brilhando por cima da máscara que esconde a parte de baixo de seu rosto. — E o que eu fiz exatamente?

— Você petrificou todo mundo da Escola de Aventureiros e roubou algo que pertencia ao diretor Munchowzen. — Daz cruza os braços e bufa.

— Entendo sua preocupação. Entendo mesmo — Rake responde com uma calma espantosa. — Mas acho que você me entendeu mal. Acha mesmo que eu petrificaria todos os alunos da escola para sempre?

— Como assim? — eu pergunto. — Quer dizer que o feitiço é temporário?

— Lógico que é, Coop — o tom dele é sincero e gentil.

Espera aí! Como é que Rake sabe meu nome?

— Não sou um monstro. Sou um aventureiro, como vocês. Eu tenho o antídoto aqui comigo. — Rake abre o casaco, mostrando diversas poções coloridas e brilhantes penduradas do lado de dentro. — Quanto à chave rúnica... — Ele bate no bolso do casaco. — Não posso roubar o que já é meu, não é verdade?

— Como assim "já é meu"? A chave é do diretor Munchowzen e da Escola de Aventureiros! — Mindy afirma com convicção. — Estava no cofre!

— Ah, entendo... — E então Rake assume um tom mais sombrio e entrelaça os dedos. Com a voz que sai áspera pela máscara de metal, ele diz: — Vocês não sabem mesmo o que aconteceu, né? Eu gostaria de poder dizer que estou surpreso, mas Geddy... quer dizer, o diretor Munchowzen... nunca foi uma pessoa confiável.

Rake se levanta, olha para longe, pensativo, e prossegue:

— A chave rúnica é minha. Como vocês devem saber, eu e o Munchowzen éramos parceiros. Afinal de contas, nós fundamos juntos a Escola de Aventureiros. E ao longo dos anos, fizemos muitas descobertas. Belas descobertas! Mas, quando eu descobri a chave rúnica, o único objeto que poderia abrir a mítica tumba de Audrástica... Geddy teve inveja. Ele queria o tesouro da tumba para si: a lasca da Pedra dos Desejos.

— É mentira! — eu grito.

O diretor Munchowzen nunca mentiria para nós, né? Rake está fazendo um joguinho. Sim, tenho certeza disso.

— Eu juro pra você que não é mentira — Rake insiste. — Munchowzen roubou a chave de mim e... — Ele faz uma pausa dramática e parece sufocar nas próprias palavras.

Posso ver as lágrimas em seus olhos. Talvez ele esteja sendo sincero.

Rake continua, depois de se recompor:

— E meu amigo Geddy Munchowzen me abandonou para morrer quando estávamos prestes a inaugurar uma nova era. Nós íamos melhorar o mundo.

> Se não fosse por meu assistente, o doutor Grin, e pelas maravilhas da tecnologia xourim, eu não estaria vivo hoje.

— Geddy me traiu quando eu mais precisei dele. — Rake cerra os olhos, e seu semblante fica mais sombrio.

Um burburinho se espalha pela sala. Aposto que os exilados já ouviram essa história antes. Eles parecem preocupados e balançam a cabeça, mostrando desaprovação.

Mas Daz não acredita naquela historinha.

— Você tentou nos matar com o Zaraknarau no Labirinto de Cogumelos. Como explica isso?

Rake se vira, com os olhos em chamas.

— Aquilo foi um grande erro, do qual os exilados se envergonham até hoje. O fiasco no Labirinto de Cogumelos não deveria ter acontecido. — Rake balança a cabeça, indignado. — Eu nunca quis machucar ninguém, muito menos crianças!

O resto dos exilados começa a tagarelar, concordando.

Rake se acomoda em seu trono e olha para Dorian Ryder com um olhar que eu não queria que fosse direcionado para mim.

— Há mais alguma coisa que você gostaria de dizer para nossos hóspedes, Dorian?

Dorian se encolhe no lugar e em seguida se levanta para falar com todos à mesa:

— Me desculpem. — Ele não faz contato visual com ninguém. — Eu agi sozinho e desobedeci às ordens que recebi. Foi... foi um erro.

Mal posso acreditar no que ouço. Dorian Ryder pedindo desculpas? Onde é que o mundo foi parar?!

— Na verdade, nós não somos tão diferentes. — Rake faz um gesto para todos os presentes. — Nós, os exilados, somos um grupo especial. Incompreendido. Descartado. Ignorado... Nós não nos encaixamos. Mas será que é culpa nossa? Fomos expulsos por nossos colegas, amigos, familiares. Enviados para longe por pais que não se importavam conosco, matriculados em uma escola que promete tanto... ensinar, guiar, ajudar a nos transformarmos em nossa melhor versão... para depois nos rejeitar por sermos como somos. — De repente, Rake aponta para mim. — Você sabe exatamente do que estou falando, não sabe, Coop?

— Oi, o quê? — eu engasgo.

— Sendo um dos únicos dois seres humanos aqui, você deve se sentir um pouco deslocado. — Rake ajeita seu manto, e a mão mecânica começa a soltar um zunido. — Você e Dorian são muito parecidos. Os únicos humanos que já andaram pelos corredores da Escola de Aventureiros. Entre toda aquela comida grotesca, os fortões com suas provocações e, é claro, a saudade do calor do sol por viverem na Subterra... você sabe como é ser excluído. E eu respeito isso.

Sei mesmo como é se sentir excluído, eu admito. E nunca é fácil. Mas eu tenho meus amigos. Oggie, Daz, Mindy e até Ingrid. Nós passamos por tanta coisa juntos, e tenho certeza de que há muita coisa por vir ainda. Eles nunca me rejeitaram. Eles me receberam de braços abertos. O Time Verde pode até ser um grupo de desajustados que foram escolhidos de forma aleatória, mas juntos somos um time incrível.

— Excluídos — Rake repete. — Mas nós somos melhores do que isso. — Depois de uma longa pausa, ele ergue a mão, fazendo um drama. — Nós, os exilados, somos melhores! Se a Escola de Aventureiros desperdiça seus talentos e os trata mal, eu garanto que posso oferecer um jeito diferente. Eu entendo vocês, porque sou um de vocês. Nós, os exilados, confiamos uns nos outros. Nós contamos uns com os outros. E, juntos, faremos coisas maravilhosas. Porque nós somos mais do que um time: nós somos uma família!

Ao ouvir isso, os exilados festejam e batem os copos na mesa do banquete. A empolgação vai crescendo, e eles começam a bater os pés, todos juntos, retumbando como tambores.

O sorriso cheio de dentes de Rake aparece por cima da máscara de ferro enquanto ele se diverte com toda aquela bajulação.

— Vocês todos têm a oportunidade de fazer algo incrível! — ele grita com as mãos estendidas. — Vamos juntos abraçar nossa verdade, aquilo que nos faz ser incríveis! Nós, os exilados, somos o futuro! Quem está comigo?

Dorian Ryder assovia entre os dentes, e os outros socam o ar e berram.

— De jeito nenhum. — Daz faz uma cara feita para Rake.
— Tô fora. — Mindy cruza os braços.
— É. Tô com elas — Oggie concorda e se joga para trás.

Eu também estou a ponto de rejeitar Rake e os exilados, mas então Zeek se manifesta:

— É, que se dane! A Escola de Aventureiros é uma droga comparada a este lugar. — Ele olha para todos em volta da mesa. — Acho que eu tô nessa.

Zeek tá falando sério? Eu sei que ele é um babaca completo, mas entrar para o grupo dos exilados? Quer dizer, para ser sincero, eu achava que eu era o excluído. Se tem alguém que não pertence à escola, esse alguém sou eu.

— Que nojo, Zeek! — Mindy critica.

— Você não tem nem um pingo de integridade? — Daz o encara, surpresa.

— O quê? — Zeek debocha. — Lição de casa, provas, uns nerds chatos feito vocês tentando cortar minha onda. Até onde eu vi, os exilados são muito melhores. E você, Axel? Quer dar um pé na bunda desses otários e entrar para um time de verdade?

Axel para um segundo, olhando em volta antes de processar a decisão.

— Tô dentro — ele diz, e faz um toca aqui com Zeek.

Axel também? Como eles podem cair na conversinha de Rake?

— Mandou bem! — Zeek sorri, com a mão erguida. — Quer saber, mestre Rake? Tamo junto! Nós queremos ser exilados!

Os exilados comemoram e fazem uma rodinha em torno de Zeek e Axel.

— Bebam, amigos! — Tyce berra sob seu capacete com chifres e joga latas de refrigerante para Zeek e Axel.

Eles abrem as latas e fazem um brinde entre si antes de tomar a lata toda em um gole só e arrotar juntos.

— Mais alguém? — Rake pergunta com gentileza, olhando diretamente para mim.

Se eu os rejeitar, sabe-se lá o que pode acontecer. Aposto que seremos largados em uma cela de prisão escura aonde o sol nunca chega. Ou é isso ou vamos virar ração dos nether bhargs ou de algum outro monstro gigante que Dorian Ryder controla com a mente. De qualquer jeito, se eu não jogar o jogo deles, Rake ganha. Então, o que posso fazer?

Os exilados me encaram. Especialmente Dorian Ryder. Os olhos dele são frios como aço. Eu vejo ódio naqueles olhos. Não, não é ódio. É inveja.

E então a ficha cai. É uma ideia maluca, mas pode dar certo.

> Rake tem razão.

> Eu sou um excluído mesmo. E nenhum de vocês me entende.

— O quê?! — Mindy toma um susto.

— Você tá falando sério? — Daz pergunta, hesitando, sem piscar aqueles olhos enormes.

— Coop, você disse mesmo o que eu acho que você disse? — Oggie não acredita no que eu estou fazendo, e não posso culpá-lo.

Mas talvez essa seja nossa única chance. E se eu conseguir me infiltrar entre os exilados, talvez consiga fazer algo para nos tirar daqui, e quem sabe até curar o feitiço que lançaram contra toda a escola.

— É verdade. Vocês não entendem. — Eu me esforço para parecer sincero. — Bom, talvez Dorian entenda...

Dorian Ryder ergue as sobrancelhas. Ele está obviamente tão surpreso quanto meus amigos.

— Mas, Coop, você não é um excluído. Você é nosso amigo! — Sentada do outro lado da mesa, Mindy estende o braço e toca minha mão.

Eu afasto o braço.

— Vocês ouviram o que mestre Rake disse, não ouviram? Ele não transformou todo mundo em pedra para sempre. Ele só queria de volta algo que roubaram dele: a chave rúnica. E, se é assim, o diretor Munchowzen não passa de um ladrão. — É tão difícil falar essas palavras que sinto um gosto azedo na boca. Mas, nesse momento, a única forma de salvar meus amigos é mentindo para eles.

— Eu concordo com Coop — Ingrid diz bruscamente. — O tempo que passei na Escola de Aventureiros foi horrível. Vocês todos me trataram como se eu fosse uma bruxa. E daí se eu for? Dane-se a Escola de Aventureiros! Melhor entrar para os exilados.

Olha, tenho que confessar que por essa eu não esperava. Olho para Ingrid, surpreso, mas ela não olha para mim.

— O que vocês acham? — pergunto, tentando manter a farsa. — Mais alguém quer entrar para os exilados?

Mindy e Daz estão tão chocadas que não conseguem dizer nada. As duas só balançam a cabeça.

— Oggie? — Eu me afasto de Rake e pisco para Oggie. Mas ele não entende meu sinal. Poxa, cara, eu penso, eu tô do seu lado.

— Não, cara. — Ele faz uma cara triste, como se eu tivesse acabado de dar uma punhalada em suas costas. — Eu sou do Time Verde.

Por um breve momento, todos ficam em um silêncio mortal. E então Rake coloca a mão em meu ombro. É uma mão fria e metálica.

— Bem-vindo aos exilados — ele diz, com a voz rouca.

Dorian Ryder está apreensivo. Todos estão. Mas quando Rake faz um gesto firme com a cabeça, ele sabe exatamente o que tem que fazer.

— Certo! — Dorian vocifera. — Levem o resto do Time Verde embora.

Com um sorrisinho, Kodar estrala os dedos.

— Foi mal, Oggão. Chegou a hora! Hihi, hahaha!

Mas antes de os exilados saírem com seus novos prisioneiros, Rake ergue sua mão mecânica e estrala dois dedos, que soltam faíscas.

— Não é preciso agir com brutalidade. Eles logo verão a luz do dia.

Dorian e seus capangas levam o Time Verde embora. Caramba, eu espero saber o que estou fazendo...

CAPÍTULO
# 15

— E aí... o que vocês ficam fazendo aqui o dia inteiro? — Zeek pergunta, olhando para o castelo com olhos arregalados.

Bem-vindo à zona X.

Mais pixações de caveiras com dentes afiados de vampiros decoram as paredes com tintas fluorescentes escorrendo.

— O que a gente quiser — Dorian afirma com naturalidade. — Acordamos ao meio-dia, comemos bolo de chocolate no café da manhã… às vezes saímos pra caçar fantasmas nas cavernas ou lutamos na sala de treinamento.

— Maneiro — dizem Axel e Zeek juntos.

— A gente tem tudo o que vocês quiserem. Querem fazer alguma coisa? — Dorian sorri. — É só fazer.

Chegamos ao topo da escada, e Dorian abre uma porta dupla que leva a uma câmara iluminada por uma tocha que está cheia de… TUDO!

— É aqui que nós ficamos, relaxamos e nos divertimos. É o nosso paraíso particular.

Uau. Acho que começo a entender qual é a graça de ser um exilado. Este lugar é o sonho de qualquer criança. Jogos, lanches, nenhuma responsabilidade. Por um momento, eu me pego admirando aquela enorme ostentação.

Então, enquanto caminhamos, Zeek me segura pelo braço.

— Tenho que admitir, Cusperson. Estou surpreso por você estar aqui — ele sussurra, parecendo não acreditar em mim. — Qual é a sua jogada?

Ops. Será que Zeek sacou tudo? E será que ele chegaria ao ponto de me entregar?

— Não tem jogada nenhuma — eu digo, tentando disfarçar meu nervosismo. — Sou um excluído, Zeek. Igual a você. Igual a todos aqui.

Zeek me olha de canto de olho.

— Beleza, mas não venha querer cortar nossa onda, tá ligado? Pô, olha só pra este lugar. — Ele pega uma lata de refrigolante e abre, fazendo o barulho de gás.

— Isso mesmo, fiquem à vontade. — Dorian sorri. — O que é nosso é de vocês. E acho que, como vocês já são quase exilados, precisamos fazer as apresentações. Escutem aqui! — ele grita, chamando todo mundo para se reunir em volta. — Chegou a hora de conhecer o time.

— O-oi — eu digo, envergonhado. — Eu sou Coop.

Para minha surpresa, Ash me oferece a mão em um soquinho e me cumprimenta com a cabeça.

— E aí, Coop?

— Bem-vindo aos exilados. — Ricky exibe um sorriso cheio de dentes. — Agora, vamos festejar!

— Não se apressem. — Dorian gargalha. — Ainda vou fazer um *tour* pelo castelo com eles. Kodar, Crag, Tess, por que vocês não vêm junto?

Dorian nos conduz para fora da zona X e voltamos a uma escada de pedra toda retorcida e quebrada. Entramos em uma área com gárgulas ameaçadoras com corpo de cobra enfeitando as paredes, e do teto tem uma meleca pingando.

— Ô, qual é a dessas estátuas bizarras? — Axel quer saber.

— Sei lá. — Dorian dá de ombros com desdém. — Rake disse que, uns mil anos atrás, o castelo foi construído por um culto estranho que adorava cobras.

— Você tá falando do Império Sarpathi. Ele era formado por tribos que dominavam toda a Subterra.

Todos olham intrigados pra Ingrid. É praticamente a primeira vez que ela abre a boca em muitas horas. Ela prossegue:

— Este lugar está impregnado da magia deles. E aquele obelisco rúnico de pedra do lado de fora do castelo... aquele que permite que vocês se teletransportem, sabe? Acredito que também tenha sido construído pelos sarpathi.

Dorian franze a sobrancelha, nitidamente irritado porque Ingrid sabe mais do que ele.

— Tá, grande coisa.

— Cala a boca, Ingrid — Zeek chia entre os dentes. — Você tá matando todo mundo de tédio.

— Enfim, saca só isto aqui — diz Dorian, todo animado, ao pararmos em frente a uma tela de metal com uma placa que diz AFASTE-SE. — Aqui fica a jaula dos nether bhargs.

Crag e Kodar puxam uma corrente pesada e erguem a tela, que se enrola para cima, mostrando uma fileira de barras de ferro enormes. Um cheiro quente e penetrante de mofo sobe até meu nariz. Mas, fora isso, está tão escuro lá dentro que não consigo ver nada.

— Para o que estamos olhando aqui? — pergunta Axel, estreitando os olhos para tentar enxergar na escuridão.

Dorian acende uma tocha, e eu ouço o barulho do fogo. Agora, com a claridade, não consigo decidir o que é mais sinistro: sua cara sorridente ou as criaturas medonhas à nossa frente.

Ele balança a tocha na direção das criaturas, que continuam guinchando feito harpias nervosas.

— Eles odeiam fogo! — Dorian ri. — Ficam bravos pra valer!

— Saca só, cara — Kodar zomba, quase sem conseguir pronunciar as palavras. — Você ouviu o gritinho dos nerds?

— Que bando de fracotes! — Tess provoca.

— Tssc! Foi Coop! — Zeek estufa o peito. — Eu nem fiquei com medo.

— Eu também não, só tomei um susto, só isso — afirmo, tentando tomar fôlego.

Dorian faz um gesto para as criaturas agitadas detrás das grades.

— Domar um nether bharg é um ritual de passagem aqui no Castelo X. Quando você conquista seu respeito, ele te deixa montar nele. E montar num nether bharg é maneiríssimo, porque ele VOA.

— Caraca — Axel murmura. — Ouviu isso, Zeek? A gente vai voar, mano! Não é demais?

— Muito melhor do que a Escola de Aventureiros! — Zeek exclama. — Não tem como este lugar ficar melhor!

— Vocês gostam de brinquedinhos legais? — Dorian pergunta, já sabendo a resposta. — Eu tenho umas coisas iradas. Venham comigo.

Dorian nos leva até um lugar que ele chama de paiol, uma sala cheia com tantos equipamentos, armas e aparelhos que parece aquilo que vimos no cofre da escola. Espadas, machados, armaduras, baús cheios de anéis e amuletos, e uma infinidade de objetos e artefatos que eu nem reconheço. Tenho que admitir que até que é legal!

Imediatamente, Zeek e Axel pegam algumas armas e começam a lutar, enquanto Ingrid observa com cuidado, como se tivéssemos acabado de entrar em um museu.

— Uau... será que isso tudo é de verdade? — pergunto, espantado.

— Claro que é — Dorian debocha. — Dá uma olhada por aí, se você quiser.

— É melhor se preparar para amanhã. — Kodar experimenta um bracelete de metal com desenhos de cobras gravados.

— O que vai acontecer amanhã? — Quero saber.

— Vamos à tumba da feiticeira do gelo — é Tess quem responde. — Como é mesmo o nome dela? Audry alguma coisa?

— Audrástica — Kodar responde. — Fica longe, lá perto do Santuário Cintilante. Acho bom levar um casaco. Faz muito frio lá.

Santuário Cintilante? Já ouvi falar disso. Segundo a professora Clementine, esse é um dos biomas mais profundos, inexplorados e inóspitos da Subterra. É mais frio do que o pico da montanha de Escroquelu ou mais frio do que os desertos xourins. Então, é melhor mesmo estar preparado.

É quando vejo o Esplendor de Cristal!

— Ei, é minha espada. — Deixo escapar e seguro no cabo dela. Os artefatos de todos os meus amigos estão aqui também, jogados de qualquer jeito em cima de uma pilha.

— A NOSSA espada, você quer dizer — Dorian me corrige, chegando bem perto do meu rosto. — Agora ela é dos exilados. De todos nós. Aqui, nós compartilhamos as coisas. Todos os espólios, todos os tesouros. Rake é generoso. Ele não gosta de deixar as coisas trancadas para apodrecer em um cofre, como uns e outros por aí.

> Acho que você pode usar esta espada de vez em quando, mas eu vou experimentar primeiro.

Dorian balança o Esplendor de Cristal com destreza nas mãos, girando-o como um duelista experiente. Mas não é seu jeito com a espada que me pega de surpresa.

— Então quer dizer que a Escola de Aventureiros mexeu com você, heim? — Ele se vira na minha direção. — Tive a sensação, quando nossos caminhos se cruzaram na Floresta dos Fungos, de que você acabaria vendo as coisas como eu vejo. Como os exilados veem.

— É-é... — Eu me esforço para pensar em alguma coisa para dizer em seguida. Se você não percebeu, não curto muito essa história de ficar mentindo. Minha mãe sempre diz que a mentira tem perna curta. E eu não quero ser um mentiroso! — Pois é, não é fácil ser o único humano da escola.

— Eu entendo. — Dorian suspira e se senta relaxado em uma caixa de madeira perto de mim. — Fui o primeiro ser humano naquela escola idiota. Eles fizeram de tudo comigo, pode acreditar. Todo mundo. Os outros alunos, os professores. Principalmente Munchowzen, aquele velho mentiroso. — Ele bate com o Esplendor de Cristal no chão de pedra. — E o que eu fiz? Revidei. E eles não gostaram. Tsssc! Bando de hipócritas.

— O que aconteceu depois que eles te expulsaram da escola? — eu pergunto, talvez com mais curiosidade do que deveria.

Dorian olha para mim constrangido.

— Eu não tinha para onde ir. Foi então que eu conheci Rake.

— Mas e sua família? Você não poderia ter ficado com ela?

— Minha família? — Dorian solta um grunhido, como se eu tivesse acabado de fazer a pergunta mais estúpida do mundo. — Ninguém nela dá a mínima pra mim. Ninguém tá nem aí pra nada. Rake... ele se importa mais comigo do que minha família.

As palavras de Dorian batem com força. Nossa, não consigo me imaginar falando assim sobre minha família. Mas acho que sou um cara de sorte. Sempre tive pais que me amaram e me apoiaram. Acho que era isso que Daz estava tentando me dizer mais cedo.

Levantando-se depressa, Dorian balança a espada para a frente e para trás, apontando para um alvo invisível. Acho que eu posso ter acertado um ponto fraco dele.

— O que essa coisa faz, heim? — Ele franze a testa, frustrado.

— Ela acende um fogo azul — Zeek zomba, se intrometendo na conversa. — O Cusperson se acha por causa dessa espada.

— Tá, e por que não está funcionando? — Dorian bate a espada com força na parede de pedra.

Eu estremeço ao ver que ele tá tratando uma relíquia daquelas como um brinquedo. Saem algumas faíscas da espada, mas nenhuma chama.

— E-eu não sei — gaguejo.

— Que porcaria! — Dorian joga a espada em uma pilha de armas. E então pega um arco banhado a ouro e arma uma flecha. — Tenho uma ideia melhor.

> Olha, ser um exilado não é fácil.
>
> Você precisa provar sua lealdade.
>
> Então... será que você dá conta?

— Você só precisa acertar o alvo com este arco... — Dorian explica, e então vejo um sorriso sinistro se abrir no rosto dele. — ...acima da cabeça de alguém.

OI?! Acertar um alvo acima da cabeça de alguém? Que tipo de teste sádico é esse? Os exilados gargalham, animados com a ideia, e Kodar joga uma lata de refrigolante para Dorian.

— Olha o alvo aqui! — Ele faz graça.

— Zeek! Você primeiro! — Dorian ordena, empurrando Axel contra a parede e colocando uma lata em cima de sua cabeça escamosa. — É melhor acertar o alvo, senão seu amigo tá ferrado.

Sem pensar duas vezes, Zeek pega o arco e mira.

— Fica parado, tá legal? — ele resmunga.

Se druxos suassem, tenho certeza de que Axel estaria ensopado! Ele se agarra à parede, preparando-se para o impacto, e então ouvimos o zunido do arco. Zeek solta a flecha, e eu fecho os olhos. Não consigo ficar vendo isso.

— Maluco! Você conseguiu! — Axel grita, aliviado. — Isso foi LOUCO!

Kodar, Crag e Tess cercam Zeek e dão tapinhas nas costas dele.

— Mandou bem, Zeek! — Tess comemora.

— Nada mal — Dorian admite. — Nada mal mesmo.

Então, ele se dirige a Ingrid, que até então conseguira passar despercebida.

— Agora é a vez da garota quietinha. Vejamos qual é a sua. Chega mais!

Enquanto Ingrid pega o arco, Dorian me empurra contra a parede e coloca outra lata de refrigolante em minha cabeça.

— Foi bom conhecer você, Coop — ele diz, e dá um sorriso sinistro.

Olha, acho que esse plano de me infiltrar entre os exilados fracassou, né? Eu tô morto! Será que é melhor acabar de vez com meu disfarce e contar que era tudo mentira? Ou é melhor eu me arriscar e torcer para que dê tudo certo? De qualquer jeito, isso não vai acabar bem.

Ingrid olha para mim superconcentrada. Seus dedos estão prestes a apertar o gatilho. Eu fecho os olhos. Pelo jeito, vou me arriscar mesmo.

— Não consigo. — Ingrid chacoalha a cabeça.

Eu abro os olhos e a vejo baixando o arco.

## UFA!

— Como é que é?! — Dorian relincha. — Você acha que isso é algum tipo de piada? Atire!

— N-não — Ingrid se recusa.

> Então acho que temos um probleminha aqui, não temos?

Ops.

— Solta ela, Dorian! — eu grito quando eles começam a brigar. Dou um passo para a frente, e todos se viram em minha direção.

Dorian joga Ingrid no chão como se ela fosse uma boneca de pano.

— E o que você vai fazer?

Uma coisa é certa: Dorian é um adversário admirável. E incluímos aí Crag, aquele vougue grandão, mais Kodar e Tess. Minhas chances não são as melhores. Mas e eu lá tenho escolha? Não posso ficar aqui parado vendo machucarem Ingrid.

E então eu tenho uma ideia.

Parto para a ação e corro na direção do Esplendor de Cristal. Mesmo com Dorian logo atrás de mim, consigo pegar a espada da pilha de objetos saqueados. Eu me viro para encarar meu inimigo, e a espada se ilumina em minha mão, inundando a sala com sua luz verde-azulada.

# FLUUSH

Exatamente como Dorian fez com a tocha contra os nether bhargs, eu balanço a espada flamejante para mantê-los afastados.

— Fiquem aí mesmo! — eu grito. — Estou avisando!

— Ô louco! — resmunga Crag, tropeçando para trás e caindo em cima de Kodar e de Tess.

É isso aí! Tá dominado. Agora, vamos forçar a vantagem.

Eu seguro na mão de Ingrid.

— Você tá bem?

Ela resmunga alguma coisa e esfrega a mão na cabeça.

— É, podia ser pior.

— Que bom. — Começo a andar de costas com o Esplendor de Cristal brilhando nas mãos. — Então, vamos sair daqui...

# BOINC!

De repente, tudo fica escuro e eu caio no chão.

O que foi isso? A última coisa que eu vejo é Zeek parado de pé à minha frente, segurando um taco de madeira.

Cooperson, seu idiota! Eu falei pra você NÃO estragar tudo.
Eu falei!
Então deixa ver se entendi. Você só estava FINGINDO que entrou para os exilados?

CAPÍTULO

# 16

**M**inha cabeça não para de latejar, e a pergunta de Oggie não ajuda em nada. Droga, Zeek me pegou de jeito. Dá para sentir um galo gigante debaixo do meu cabelo bagunçado. Que pancada! Mas o pior é saber que Zeek e Axel entraram para os exilados.

— Claro que eu tava fingindo! Nós dois estávamos! — resmungo, apontando para Ingrid.

Balançando sobre um poço sem fundo, a corrente enferrujada que segura nossa jaula range. Um vento gelado subterrâneo uiva, passando pelas barras de ferro, e eu só consigo pensar em como adoraria estar em casa, na Terra Beira-Rio. Não que eu tenha medo de altura, mas isto aqui já é exagero! Se tirassem todos os jogos e as porcarias que eles comem por aqui, o Castelo X provavelmente seria o pior lugar em que eu já estive na vida.

Mindy e Daz estão olhando para mim, sentadas do outro lado da jaula.

— Poxa, meninas! — eu digo. — Vocês acham mesmo que eu entraria para os exilados?

— Você precisa admitir que andava estranho nas últimas semanas — Oggie comenta. — Parecia que a gente nem conseguia mais ficar juntos.

— Bom, estamos juntos agora — eu digo, com sarcasmo, e olhando para o grande vazio lá embaixo através das barras de ferro. Ao longe, dá para ouvir os guinchos dos nether bhargs.

— O que queremos dizer é que você nos deu um susto — Daz acrescenta.

— E, afinal de contas, por que você fez aquilo? — Oggie quer saber. — Você não pode sair por aí agindo sozinho, cara.

— É, nós somos um time — Mindy concorda. — Princípio cinco do Código do Aventureiro: nunca se separar da equipe.

— Precisei pensar rápido. Eu estava sozinho — explico, sem entender direito por que preciso me defender. — Que é como eu tenho ficado ultimamente.

— Heim? O que você quer dizer com isso? — Daz estreita os olhos.

— Aquele negócio de "Kody" pra lá e pra cá... ou "Kodar" pra lá e pra cá... sei lá qual é o nome dele — eu digo, fazendo aspas com os dedos. — Eu e Mindy fomos deixados pra trás por vocês dois; enquanto nós estudávamos, vocês se divertiam com o Kodão.

— Ei, me deixa fora dessa, Coop. — Mindy cai pra trás, mas com a mão erguida.

— Até parece que a gente não te convidou. — Daz franze a testa. — Além disso, acho que agora não é hora de ter ciúme do Kody.

Minha cabeça começa a girar.

— Ciúme? Do Kodar? Daquele coiotuivo do mal, um exilado que se infiltrou na Escola de Aventureiros, transformou todo mundo em pedra e roubou a antiga chave rúnica? Esse Kodar? Não, eu não estou com ciúme.

— Você vai ficar jogando isso na nossa cara, não vai? — Daz se zanga. — Como é que a gente ia saber que ele era um exilado?

— Olha, a gente tem que admitir, Coop tinha razão sobre Kody — Oggie opina.

— Oggie, dá pra ficar quietinho? — Mindy suspira, olhando para Ingrid e erguendo os ombros, como se estivesse querendo um apoio.

Mas Ingrid não responde. Ela só fica olhando para os próprios pés, encolhida em um canto.

— Ei, eu tenho direito a ter minha opinião, sabia?

— A verdade é que Coop conseguiu desvendar a charada que nenhum de nós conseguiu.

— Ah, e era você que deveria ter desvendado, então? Oggie, o Mestre das Charadas!

— Tssccc! Você só está brava porque sou melhor em Runas e Enigmas!

— Por que, seu grandão...!

Daz se intromete, irritada:

— Será que vocês dois podem dar um tempo? — E então ela se vira em minha direção. — Quero resolver isso de vez, Coop. Poxa, não é porque a gente anda com outras pessoas que não somos amigos. Você não confia em nós?

— Ela tem razão, Coop. Você tava meio que, tipo assim, agindo feito um mané.

— Daz, eu acho que tenho todo o direito de me sentir um pouco inseguro, tá legal? Poxa, minha família manda um MILHÃO de cartas pra você, e eu recebo um mísero cartão postal.

— Olha quem fala...

— E você nem me fala o que está acontecendo? Não confia em MIM?

— Sério, Coop? Vamos falar das cartas de sua família agora? Deixa isso pra lá.

— Deixar pra lá o quê? — eu respondo, e minha voz ecoa pelo abismo.

Mas a Daz não responde. Pelo menos não imediatamente.

— Você não entenderia — ela diz, por fim, com a voz um pouco trêmula, e se virando para o outro lado.

Eu vejo que Daz está chateada e, assim, a frustração que sinto parece desaparecer. Porque, no final das contas, Daz é minha amiga, e eu quero ajudá-la.

— Por que não me deixa tentar te ajudar, Daz? — Eu a olho com carinho. — Achei que fôssemos amigos.

De repente, Ingrid interrompe:

— Eu posso tirar a gente daqui — ela sussurra.

Parece que ninguém ouviu.

— Nós SOMOS amigos! — Daz grita. — Aí é que está! — E então ela para e se vira para Ingrid. — Peraí, como é que é?

— O que você falou? — Estou tão chocado quanto meus amigos.

— Por que você não disse nada, Ingrid? — pergunto, olhando para as chaves na mão dela.

— Eu gostaria de ter dito, mas parece que vocês tinham alguns assuntos para resolver.

— Ingrid... — Eu balanço a cabeça, pasmo.

— Às vezes, os amigos precisam desabafar — ela diz, com sinceridade. — Nossos sentimentos negativos nos controlam. Acontece. Então é melhor desabafar e seguir em frente. Mas quem sou eu pra dizer isso? — Ingrid continua, angustiada: — Eu nunca tive amigos. Não depois que saí da escola em minha cidade.

Oggie coça a cabeça, constrangido.

Mindy esfrega as pálpebras como se estivesse saindo de um transe.

Daz olha de novo para mim, de olhos arregalados, confusa, arrependida. Eu também estou arrependido.

— Agora, vamos lá. — Ingrid está mais animada do que nunca. — A escola tá numa fria. Rake é o único que tem o antídoto para salvar todo mundo. E se não impedirmos que ele use a chave rúnica, pode ser que... bom, vai saber o que pode acontecer. Com certeza não é nada bom! — Ela chacoalha as chaves, testando cada uma na porta da jaula.

Dá para dizer, com certeza, que todos nós estamos envergonhados. Poxa, nós somos melhores amigos. Então por que estamos aqui com essas picuinhas? Trancados em uma jaula, balançando em cima de um abismo, esperando por nosso fim, e a única coisa que conseguimos fazer é discutir. Credo! Não é assim que o Time Verde se comporta. Não é assim que Aventureiros Mirins se comportam.

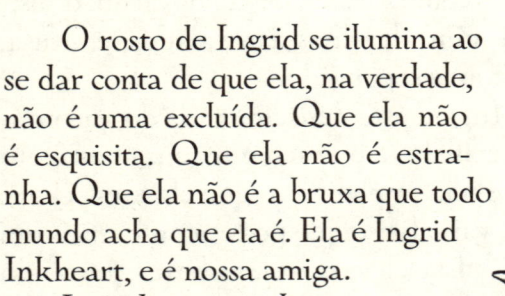

> Está. Você tem amigos, sim.
>
> É!
>
> Com certeza.
>
> Sem dúvida.

O rosto de Ingrid se ilumina ao se dar conta de que ela, na verdade, não é uma excluída. Que ela não é esquisita. Que ela não é estranha. Que ela não é a bruxa que todo mundo acha que ela é. Ela é Ingrid Inkheart, e é nossa amiga.

Ingrid sorri e coloca a chave. A fechadura faz um barulho, e as barras de ferro se abrem, mostrando o poço lá embaixo.

— Vamos sair logo desta espelunca ou não?

CAPÍTULO

# 17

A subida pela corrente suspensa é torturante.
Bom, não para Mindy, é claro. Mas para mim e para os outros... digamos que nos sentimos agradecidos pelo treinador Quag ter nos obrigado a fazer aqueles exercícios de escalada em corda no ano passado.

Mindy e Daz nos ajudam a subir, passando pelo enorme buraco até chegar aos andares da caverna. Por sorte, não há ninguém ali nos esperando na escuridão.

— Venham — eu digo, abrindo o caminho —, ainda podemos pegá-los se andarmos rápido. Mas precisamos acelerar o passo.

Por sorte, Dorian fez um tour pelo castelo comigo e com Ingrid, então eu sei exatamente aonde temos que ir: ao paiol de armas! Corremos pelos corredores escuros, derrapando ao entrar neles e passando em disparada por um montão de estátuas de cobra esquisitas. E então, logo à frente, ouvimos um som alto de uma broca, e vemos uma luz verde estranha saindo por uma porta.

**BRRRRRRRZZZZZZZZ!**

— Ué, achei que vocês disseram que todo mundo tinha ido embora. — Daz arqueia uma sobrancelha.

— Eu também achei! — respondo. — Kodar disse que TODOS os exilados partiriam em uma expedição.

**BRRRRRRRZZZZZZZ!**

— Então quem está aí? — Oggie pergunta, preocupado.

Ingrid engole em seco e diz:

— Não sei, mas vamos ter que passar disfarçadamente por ali se quisermos chegar ao paiol de armas.

— Tá bom. — Mindy está com um olhar determinado. — Vamos correr e, como eles estão com essa broca ligada, talvez nem nos notem.

— Isso!

Nós avançamos e nos escondemos, o mais silenciosamente possível, e paramos diante de uma entrada. Estáticos, ouvimos um som estranho de alguma coisa borbulhando e ferramentas de metal rangendo. Meu coração quase sai pela boca ao ouvir passos se aproximarem da porta. Então, eu recuo.

**BRRRRRRZZZZZZZZ!**

— Agora! — sussurro.

Passamos correndo pela porta e, não contendo minha curiosidade, dou uma olhada e vejo uma coisa muito BIZARRA dentro da sala.

O doutor Grin! Mas que raios ele está construindo?

Não dá tempo pra ficar pensando nisso agora. Quando chegamos ao final do corredor, eu me viro e vejo que a área está limpa. **UFA!**

Mais um segundo e chegamos ao paiol de armas. Vou direto até o lugar onde nossos artefatos estavam empilhados.

— Aqui! — eu grito para meus amigos.

Oggie pega o machado e o escudo, Daz apanha suas adagas, e Mindy prende seu arco na mochila. Mas, para minha surpresa, não vejo nem sinal do Esplendor de Cristal.

— Dorian deve ter levado — Ingrid presume.

Sinto meu coração apertar só de imaginar o que os Timbos pensariam ao saber que aquela relíquia da cultura deles agora está nas mãos dos exilados.

— Não se preocupa, Coop. Nós vamos recuperar sua espada — Daz me conforta.

Oggie ergue as sobrancelhas.

— Bom, não vejo nenhum motivo para não podermos emprestar alguns dos artefatos deles também, né?

— Oggie tem razão. — Daz estreita os lábios. — Vamos precisar de todos os recursos disponíveis para deter Rake e salvar a escola.

— Além disso... — Mindy coloca um anel brilhante no dedo. — ...estes itens são mágicos, e nós bem sabemos que os exilados não cuidam bem deles. — Ela então estende o dedo com o anel e pergunta: — O que será que este negócio faz?

*Uau! Um anel de campo de força!*

— Que incrível! — Ingrid exclama. — O que será que isto aqui faz? — Ela examina uma varinha com uma ponta de cristal azul, e sacode para a frente e para trás. A cada movimento, sai uma corrente de faíscas. Ingrid fecha os olhos e sorri e, de repente, o cinto que Oggie segura começa a levitar no ar.

> Uma varinha de telecinese! Haha!

> Ei, o que...?

— Tá, superengraçado! — Oggie dá uns pulos e, por fim, consegue pegar o cinto de volta. E aí, quando ele coloca o cinto no corpo e aperta a fivela, acontece uma coisa extraordinária.

> Heim?

> QUE MANEIRO!

— Agora, sim, você tá bem-vestido, Og! — comemoro. — Mas o que será que eu posso pegar?

Olho em volta da sala, e o que me chama a atenção é uma luva pesada de metal, como a que os exilados estavam usando para disparar raios de energia mágica um contra o outro.

> Olha só! Daz, o que você achou?

> Muito incrível! Como estou?

> Estilosa! O que é isso?

> Boa pergunta.

— Ahm, pessoal? Vocês não vão acreditar no que acabei de encontrar. — Ingrid tira um livro grande e todo desgastado de baixo de uma pilha de mantos pretos dos exilados.

Não entendo bem o que é aquele negócio até ler o título do livro, escrito em uma letra cursiva antiga.

— O Arkimunda Coagudex! — eu grito.

Nós todos ficamos em volta de Ingrid enquanto ela abre o livro e começa a virar as páginas com pressa.

— Feitiços, bênçãos, encantamentos, maldições... — Ela para em uma página que tem um desenho pintado com tinta de uma estátua de pedra e uma lista imensa de ingredientes. — Achei!

Poção da petrificação. "Prepare esta poção para petrificar seus inimigos permanentemente."

— Permanentemente? — Daz se assusta.

— Rake mentiu! — resmungo, dando um soco em minha mão.

— Olha, eu não estou surpreso. — Oggie suspira.

Ingrid bate na página com o indicador.

— Calma lá. Aqui diz que a transmogrificação só se completa no dia seguinte, quando der meia-noite no relógio.

— É hoje! — eu digo, aliviado. — Quer dizer que ainda dá tempo.

— Aí fala alguma coisa sobre o antídoto? — Mindy pergunta. — Algum jeito de reverter o feitiço? Tipo a poção que Rake carrega no cinto.

Ingrid vira a página.

— Falava... — Ela solta o ar com uma expressão de decepção, indicando na página o lugar de onde a receita do antídoto foi totalmente riscada.

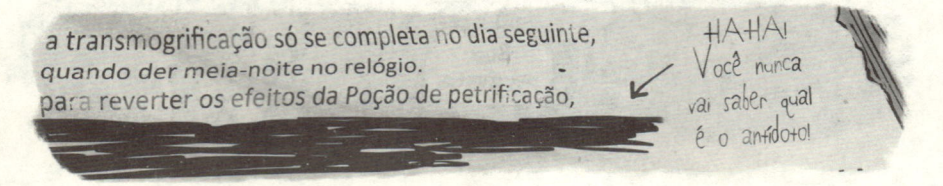

> a transmogrificação só se completa no dia seguinte, quando der meia-noite no relógio.
> para reverter os efeitos da Poção de petrificação,
>
> HAHA! Você nunca vai saber qual é o antídoto!

De repente, ouvimos uma batida forte atrás de nós, e a porta do depósito de armas se solta das dobradiças. Eu me viro. Diante de nós, há um ser gigante de quase cinco metros, com cara de macaco e muito nervoso. Só que não é um macaco gigante e bravo normal. (Bom, será que existe algum macaco gigante e bravo normal?) O cérebro dele está exposto e coberto por uma redoma transparente. A mão é um machado de lâmina dupla, e ele está cheio de tubos, fios e parafusos saindo do corpo! E, dentro da barriga do monstro, vemos o doutor Grin, sentado como um piloto em uma cabine de avião, segurando um par de alavancas de controle.

— É o cientista! — Oggie grita. — Ele tá controlando essa coisa?!

Com suas mãozonas, o monstro-macaco dá um soco no chão bem à nossa frente. Nós nos separamos, correndo para todos os lados. Mindy se atrapalha para conseguir se levantar.

— Essa coisa é um tipo de trágula mutante!

— Trágula?! — Eu faço uma careta, sem entender.

— Macacos inteligentes que vivem nas florestas e selvas remotas de Eem. Mas esse aí parece ter sido… lobotomizado, acho. E transformado em uma máquina.

— Parece um experimento do mal que deu MUITO errado! — Oggie faz uma piadinha.

Bom, uma coisa é certa: precisamos sair daqui rápido, mas o trágula mutante enorme está barrando a saída. Acho que vamos ter que usar a força. Com o alvo certo à minha frente, ergo minha luva e disparo um tiro de energia.

**VUUUUUUUOOOOOOM!**

Mas, para minha surpresa, não consigo controlar direito a energia quando o feixe de magia sai da luva fazendo um estrondo, como um trem-púlver a toda velocidade. Todos se espalham e se jogam no chão para se desviar do disparo enquanto eu não consigo conter aquela energia.

— Coop, o que você tá fazendo?! — Daz ralha comigo, quando eu finalmente consigo parar de atirar.

— Sei lá! — Com certeza NÃO é o que eu imaginava.

Acho que demora um pouco para pegar o jeito dessa coisa. Mas agora não dá tempo! Com uma velocidade assustadora, o macaco-monstro gigante lança sua mão-machado em minha direção. Eu mal tenho tempo para pensar, que dirá para me mexer. Só consigo me abaixar e sentir minhas pernas tremerem.

Porém, quando olho para cima, vejo o campo de força do anel de Mindy me protegendo contra o ataque. **UOOOOOM!**

O machado do trágula mutante ricocheteia no campo de força, e a criatura, frustrada, solta um uivo. E então ele se vira para Oggie e para Daz. Eu observo o doutor Grin olhando fixamente, mexendo nos controles com destreza, como se a fera fosse um veículo que ele estivesse dirigindo.

— Primeiro, o Zaraknarau, e agora ISSO? — Daz reclama. — Qual é a dos exilados, de quererem controlar os animais para fazer coisas sinistras?

O macaco agita seus braços poderosos e lança um golpe contra os dois. Com toda a tranquilidade, Daz se abaixa e rola, mas Oggie não é tão ágil. O monstro pega meu amigo com uma mão, como se ele fosse um brinquedo, e aperta forte! Por sorte, Oggie ativa o cinto, que lança uma armadilha mágica em torno dele. A criatura aperta mais forte, e Oggie provoca:

— Você vai ter que fazer melhor do que isso, bafo de banana!

Nitidamente irritado, o trágula mutante lança Oggie contra a parede, onde ele bate para então cair em cima de uma pilha de armas.

— Talvez eu tenha me precipitado — resmunga Oggie, ajoelhado e com as mãos no chão.

Mas o monstro ainda não terminou! Totalmente à mercê da criatura, Oggie olha para cima, assustado, vendo o trágula mutante erguer seu machado impiedoso. Eu preciso fazer alguma coisa!

Bem na hora em que estou prestes a soltar outro disparo caótico de energia e torcer para dar certo, a criatura dá um solavanco e começa a girar, parada no lugar, tremendo as pernas como uma marionete em convulsão. O doutor Grin fecha a cara e luta para continuar pilotando o monstrengo.

Eu demoro um segundo para perceber que é Ingrid que tá fazendo aquilo! Ela está mexendo nos controles do doutor Grin com sua varinha de telecinese.

— Agora é nossa chance de escapar! — Ingrid grita. — Corram! Vou ficar aqui distraindo essa coisa mais um pouco!

Eu, Oggie, Mindy e Daz saímos correndo do paiol de armas. Olho para trás e vejo Ingrid saindo em disparada, enquanto o monstro tenta se endireitar e se posicionar. É claro que não teremos muito tempo para escapar daquela criatura terrível.

— Para onde vamos? — Daz pergunta, preocupada.

Eu tenho uma ideia:

— Para a jaula dos nether bhargs!

— Para onde?! — grita Oggie.

Nós entramos em um corredor, e eu lidero o grupo para irmos à jaula dos nether bhargs. Puxo a corrente imensa para erguer as grades, na mesma hora em que o trágula mutante e ameaçador entra no corredor correndo para nos alcançar.

— Venham todos aqui perto de mim! — E então eu abro a jaula.

Enfim libertados do cativeiro, os nether bhargs marcham na direção do doutor Grin e seu monstro, que cai para trás e se debate feito um maluco para tentar se defender. Infelizmente, uma das criaturas fareja o ar e, ao girar o pescoço, nos enxerga na escuridão.

— Eita... ele tá vindo pra cá! — Oggie avisa. — Faz alguma coisa, Daz! Você leva jeito com os bichos!

O nether bharg range as mandíbulas a poucos centímetros de nós quando Daz dá um passo à frente e ergue os braços, deixando à mostra a estampa esquisita em formato de olho do manto que ela tá vestindo. Uma poeira alaranjada e brilhante começa a se soltar daquele tecido estranho, formando uma névoa no ar diante da criatura raivosa. O nether bharg paralisa, encolhendo-se de medo.

Deve ser um manto mágico!

— Está tudo bem — Daz tenta tranquilizar a fera. — Eu não quero te assustar. Sou sua amiga.

Com gentileza, ela coloca a mão no focinho de réptil-morcego, e ele a fareja bem devagar.

— Venham, vamos embora — Daz nos chama e, cheia de elegância, pula nas costas da criatura. — Este carinha vai nos ajudar a sair daqui!

Nós todos nos acomodamos nas costas da fera, e com um "Iá!" imponente de Daz para que alce voo, nossa nova montaria sobe até o teto alto do Castelo X. As asas do nether bharg, firmes como couro, sobrevoam os braços abertos do trágula mutante, que ainda está travando uma batalha com outros cinco nether bhargs.

Ao olhar para baixo, vejo de relance os óculos do doutor Grin, que tenta controlar o macaco monstruoso para fazê-lo vir atrás de nós, mas já é tarde demais. Atravessamos o castelo e saímos pela janela aberta de uma muralha, bem acima dos portões principais.

— Conseguimos! — Ingrid comemora.

— Oba! — Mindy dá um soquinho no ar para comemorar.

Com o vento batendo em meu cabelo, olho para o Castelo X, que ficou para atrás, e só consigo sentir uma grande alegria. Rake e os exilados não poderiam imaginar que nós escaparíamos. Santuário Cintilante, aí vamos nós!

CAPÍTULO
# 18

**P**lanar pela gigantesca caverna da Subterra é incrível. Sinto um zumbido no ouvido com o baque das rajadas de vento cada vez que o nether bharg bate as asas para subir ou descer nas correntes de ar subterrâneas. Nós voamos alto, vendo lá de cima um labirinto de pedras, e sentimos no rosto um banho de luz que vem do reflexo das partículas de quartzo do teto da caverna. E a única coisa que consigo pensar é que ninguém vai acreditar em mim quando eu contar esta história lá em casa!

— Gente — Mindy berra —, acho que sei para qual parte do Santuário Cintilante os exilados estão indo.

Ela tem nas mãos um mapa todo amassado, marcado de tinta e coberto de rabiscos. Nós nos amontoamos em volta para olhar.

> Se meus cálculos estão corretos, devemos estar chegando perto...

> Segundo este mapa, se seguirmos o túnel Matriz RD62, descendo pelo RD90, vamos chegar à fronteira do Santuário Cintilante!

— RD62, RD90? Quem inventa essas coisas? — Oggie reclama.

— RD significa "Região Desconhecida". — Mindy ergue os óculos. — Essas áreas nunca foram completamente exploradas, só consta no mapa que elas existem.

— Legal, parece que estamos de volta ao Labirinto de Cogumelos — eu digo, apreciando a vista de uma região desconhecida pela primeira vez.

Tenho a impressão de voarmos há horas, e o vento que bate em meu rosto fica cada vez mais frio. Tipo, frio pra valer. Consigo até ver a fumacinha da minha respiração. Droga! Acho que deveríamos ter trazido casacos. Mas, bem, neste ritmo conseguiremos alcançar Rake e os exilados rapidinho!

O nether bharg mergulha em direção ao chão na velocidade de um meteoro. Eu quase perco o equilíbrio.

— O que está acontecendo, Daz? — eu grito.

— Os nether bhargs não gostam de frio! — Daz grita ainda mais alto por causa do barulho do vento. — Acho que nossa carona só vai até aqui! Segurem-se!

O nether bharg desce em espiral até o chão, e nós nos seguramos firme como se a vida dependesse disso. Mas antes de sentir o impacto, a criatura abre suas asas grossas e pega o embalo do ar.

Ele solta um rugido e bate as garras no chão de pedra ao aterrissar, levantando um redemoinho de poeira.

O cabelo de Oggie fica todo espetado, como se ele tivesse acabado de ser atingido por um raio. Ele desce escorregando do nether bharg e cai no chão.

— Tá bom, tá bom — Oggie resmunga, jogando-se de costas e piscando para a escuridão lá no alto. — Que tal se a gente NUNCA MAIS fizesse isso?

— Ah, fala sério! Foi o máximo! — Ingrid dá um salto para descer da fera, e vem pulando como se tivesse molas nos pés. O sorriso dela vai de orelha a orelha.

— Eu concordo. — Daz acaricia o focinho de morcego gigante da criatura. — Bom menino!

O nether bharg solta um grunhido, demonstrando gostar do carinho de Daz e, subitamente, abre as asas e alça voo. Subindo pelos ares, a criatura some na escuridão, e seus gritos ecoam por toda aquela caverna colossal.

Adeus, Fofinho!

Esse é o nome que você deu a ele? Fofinho? Desde quando?

— Brrrr! — Mindy treme de frio, soltando fumacinha pela boca. — O ar é definitivamente congelante aqui embaixo.

E, bem na hora, o vento sopra forte de novo, desta vez ainda mais gélido. Começo a bater os dentes e lembro de uma grande tempestade que aconteceu em minha cidade alguns anos atrás. A Terra Beira-Rio ficou com quase trinta centímetros de neve pela primeira vez em cem anos. Que frio que fez! Mas aqui, com certeza, é MUITO MAIS GELADO.

— Ah, jura? — eu respondo, esfregando as mãos, e então me distraio com um floco de neve que vem caindo devagar lá de cima. — Isso é o que estou pensando? É neve?

— Neve subterrânea? — Oggie estranha. — Isso é impossível.

— Bom, seja o que for, não estamos preparados para essa situação. — Daz esfrega os braços. — Sem o nether bharg para nos levar, teremos que encontrar Rake a pé.

— Vamos morrer congelados antes de encontrá-lo — Ingrid conclui.

— Verdade — Daz concorda. — Vamos morrer congelados.
— Neve? — Mindy estende a mão e pega um floco branco. — Nada disso... isto aqui é um esporo. Como os da Floresta dos Fungos, mas tá sólido porque está congelado. É chamada de neve-cíntilo. Entenderam? Devemos estar perto do Santuário Cintilante.
— Eu estou com muito f-f-frio — murmuro, batendo os dentes.
— Eu até que tô de boa — Oggie afirma, todo animado.
— Você é coberto de pelos, Oggie — Mindy o faz lembrar.
— Ah, é verdade. — Oggie coça a cabeça.
— Acho que posso ajudar. — Ingrid, ajoelhada, analisa com muito cuidado um emaranhado de plantas enroladas que parecem rabinhos de porco saindo de uma rachadura na pedra. — Isto aqui é folha-gélida! Que sorte a nossa!
Ingrid tira o Arkimunda Coagudex da bolsa.
— Olhem aqui! — Ela aponta para uma página do livro. — Poção da fogueira! Se macerarmos a folha-gélida e misturarmos com pó de mescla e água, teremos uma poção que espanta o frio.
— Ingrid revira a bolsa mais uma vez, e ouvimos o tilintar dos potes de poção lá dentro, até que ela saca um vidrinho com pó de mescla e um odre com água.
— Uau, quantas poções você tem! — Daz se admira.
— Eu gosto de andar prevenida. — Ingrid desrosqueia a tampa do vidro.
— Parece alguém que eu conheço. — Oggie olha para a Mindy.
Mindy mostra a língua para o Oggie e corre até o lado de Ingrid, empolgada para vê-la macerar a folha-gélida com duas pedras. Ingrid esmaga a planta até que vire uma meleca fedida e polvilha com o pó de mescla.
— Nossa, você é boa! — Mindy arqueia as sobrancelhas. — Você sabe fazer tudo isso?
— Claro — Ingrid responde. — Minhas notas estão ótimas em Alquimia.
A mistura começa a se liquefazer e se transformar em uma poção laranja com cheiro de fumaça, como de uma fogueira. Ela pega o líquido e coloca dentro do odre.

— Um gole para cada um. — Ingrid começa a beber. — Nossa, é superazedo! — Ela tosse. — Mas deve começar a fazer efeito logo e durar um dia inteiro.

Ingrid tem razão! A poção de folha-gélida começa a funcionar na hora.

— Que incrível! Parece até que eu coloquei um casaco.

De repente, o vento passa a bater forte. Uma enxurrada de esporos parecidos com flocos de neve cai sobre nós, girando e girando no ar como uma revoada de pássaros.

— Neve-cíntila — Mindy diz. — Vem tempestade aí.

— É melhor a gente começar a se mexer — alerto, olhando para uma nuvem especialmente grande que vem se aproximando rápido.

Mas antes de conseguirmos sair do lugar, a nuvem chega. O vento bate com a força de um furacão, e os esporos brancos nos atacam com a fúria de uma nevasca.

— Amigos, precisamos achar um lugar para nos proteger! — eu grito, mas minha voz some com o vento.

O vendaval logo fica tão forte que chega a me empurrar para longe, e eu perco meus amigos de vista.

— Cadê vocês? — eu chamo no meio da tempestade violenta.

— VOCÊS ESTÃO ME OUVINDO?!

— Coop! — eu ouço a Daz me chamar, no meio de um redemoinho de vento.

Porém, antes de eu conseguir responder, uma rajada a empurra para trás, e o manto dela balança como uma vela de navio, puxando-a com violência para a beira de um penhasco!

Dou um salto para alcançá-la e quase não consigo segurá-la pelo pulso.

> Te peguei! Aguenta firme!

> Coop!

Evocando todas as minhas forças, consigo erguê-la.

— O-obrigada — ela ofega.

— Imagina... — Olho para o horizonte procurando lugares onde poderíamos nos esconder. — Mas precisamos encontrar abrigo. Esta nevasca vai acabar com a gente!

De mãos dadas, corremos até uma protuberância no rochedo. A neve-cíntila chega a nossos calcanhares, e vamos marchando e afundando os pés a cada passo. O vento uiva forte atrás de nós.

— Aqui! — Daz me puxa na direção de uma abertura onde dois rochedos colidiram. — Acho que aqui estaremos seguros.

— Vamos torcer para que os outros também tenham achado abrigo — eu digo enquanto nos rastejamos para entrar na abertura.

Daz espia pelo buraco e vê uma torrente de esporos congelados assolarem a caverna.

— Precisamos manter a esperança — ela diz. — Mas, por enquanto, só podemos nos abrigar aqui e esperar.

E é isso que fazemos. A impressão é de que passamos horas esperando.

— Coop?

— O quê?

— Eu queria... pedir desculpas.

— Desculpas? Pelo quê?

Daz ergue a cabeça.

— Sei lá. Por te fazer sentir que as pessoas não gostavam de você. — Ela fica brincando de cruzar os dedões da mão. Parece que quer dizer alguma coisa, mas não sabe encontrar as palavras certas.

Eu entendo o que ela está sentindo. Só que acabo vomitando as palavras feito um pateta:

— É sério aquilo que eu disse antes, Daz. Você pode conversar comigo sobre qualquer coisa. Com qualquer um de nós. Digo, com o Time Verde.

Daz fica em silêncio por um instante. Talvez eu tenha dito algo que não deveria. Mas então ela respira fundo e afirma:

— Eu gosto muito das cartas que recebo da sua mãe. Os conselhos dela me ajudam muito, e eles me apoiam tanto... toda sua família.

— É, eles são assim. — É só isso que eu consigo dizer.

Eles sempre me apoiaram. Sei que tenho mais sorte do que a maioria das pessoas quando se trata de família. Com certeza tenho mais sorte do que Dorian Ryder, mas também do que Daz. Os pais dela sempre foram meio distantes, sabe? Muito ocupados com as coisas deles para poderem ter tempo para ela.

— É só que... aquilo que eu estava tentando esconder é que... meus pais decidiram se separar. E os dois, bom, cada um parece querer coisas diferentes para mim. E tem sido tão difícil... Eu estava com muita vergonha, por isso não contei pra ninguém. — Daz começa a chorar. — Toda essa situação... me dá vontade de sair correndo e me esconder.

— Poxa, eu sinto muito, Daz. — Eu meio que não sei o que dizer.

— Minha mãe quer que eu me mude para Bogópolis — Daz continua. — Meu pai quer que eu vá para Porto Lamoso. E, nos dois casos, eu vou ter que sair da Escola de Aventureiros.

Sinto meu coração se partir. Não só porque minha amiga talvez tenha que ir embora. Meu coração se parte porque minha amiga está sofrendo. Como eu deveria reagir? Como posso ajudar? O que devo fazer? Todas essas perguntas passam por minha cabeça. E então a ficha cai. E eu entendo para que servem os amigos.

> Eu... Não posso imaginar o que você está passando, Daz.
>
> Mas tenha certeza de que você pode contar comigo, não importa o que aconteça.

— E eu sei que não posso mudar a situação ou sua vontade de sair correndo e se esconder — prossigo —, mas estou com você. Sempre que você precisar. Nós todos estamos. Mesmo se você se mudar para Bogópolis ou Porto Lamoso... até se você for para a Montanha de Escroquelu! Eu vou te escrever todos os dias. Prometo.

Daz se inclina em minha direção e me dá um abraço gigante.

— Sinto muito por ter tomado todas as cartas de sua família. — O rosto dela está molhado de lágrimas.

— Ei, tudo bem! — Dou risada. — Eu estava sendo infantil. Além disso, está cheio de Coopersons por aí.

Daz dá uma risadinha, e nós nos sentamos um ao lado do outro para espiar pela abertura entre os rochedos. A neve-cíntila brilha e cai lá fora.

— Ahm... Coop? É verdade mesmo que você comeu um potão de massa de panqueca e vomitou no vestido preferido da sua mãe?

Sinto o coração parar.

— Heim, como assim? — eu me enrolo. — Do que tá falando?

Que fique registrado que eu só tinha três anos e estava morrendo de fome.

— E colocou a culpa em Walter, o bode da família? — Daz se segura para não gargalhar.

— Aí você já está exagerando — eu digo, com toda a sinceridade, mas meu rosto começa a ficar vermelho. — Demais mesmo. — Reviro os olhos e ajeito o lenço no pescoço.

— Pobre Walter! — Daz agora chora de tanto rir. — Ele era inocente!

Eu me levanto e quase bato a cabeça.

— Olha, você pode escrever todas as cartas que quiser para minha mãe, mas essas histórias constrangedoras estão proibidas! — Eu não me contenho e começo a rir também.

Daz ri tanto que cai para trás e rola no chão.

— EI? TEM ALGUÉM AÍ EMBAIXO? — uma voz ecoa pelas pedras. — Daz? Coop? Vocês estão aí?

— Parece Oggie — eu digo para Daz. — OGGIE? É VOCÊ?

O rosto dele surge no buraco entre os rochedos.

— Eu mesmo!

— Oggie, que bom que você tá bem! — eu exclamo.

— Nós estamos bem, cara! Eu, Mindy e Ingrid nos escondemos debaixo de uma rocha lá longe e esperamos a tempestade passar. Ficamos preocupados com vocês! Vocês estão bem?

— Estamos bem, Oggie! — Daz garante, ainda rindo.

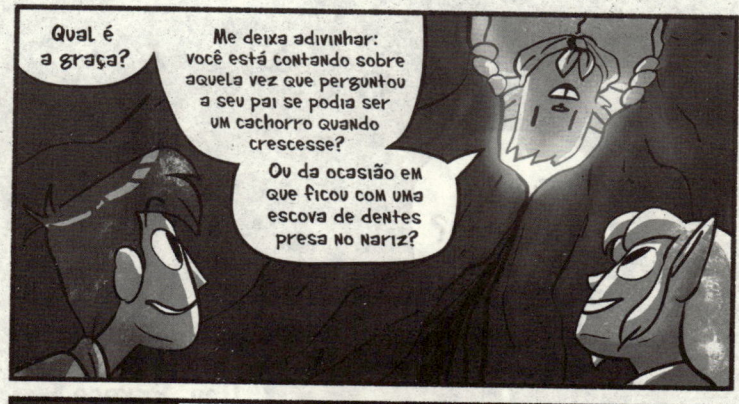

CAPÍTULO
# 19

## TCHOC, TCHOC, TCHOC!

Nossos pés se arrastam por um manto infinito de neve-cíntila branquinha, que chega até nossos joelhos quando descemos um morro sem fim, onde parece não haver nada além de escuridão à nossa frente. Mesmo com a poção de Ingrid, começo a sentir um pouco de frio, mas só dá para imaginar que estaria congelando se não fosse por ela. Nós todos com certeza já teríamos virado picolé!

— Alguém sabe aonde nós estamos indo? — Oggie resmunga. — A gente tá aqui há horas.

Fundo até onde?

Uau. Parece bem fundo.

Mindy desdobra o mapa pela milionésima vez e torce o nariz.

— Olha, só tem um jeito de chegar aqui a este ponto. E fica lá para dentro, no fundo do Santuário Cintilante.

Nós continuamos descendo, um passo arrastado de cada vez. Lá bem no alto, um teto de pedra congelada brilha, e parece a luz das estrelas. Por um momento, parece que estou olhando para o céu estrelado em minha casa, na Terra Beira-Rio.

E então, sou tirado de meus devaneios quando Daz para de repente, começa a balançar os braços bem esticados e grita:

— Ei, ei, esperem um pouco!

Nós esbarramos uns nos outros ao ver que ela está fazendo um sinal para pararmos.

— Mindy, você disse que o único caminho é indo para o fundo, né?

— Isso.

Ingrid fica olhando para a escuridão do abismo, com o cabelo comprido todo bagunçado pelo vento.

— Este cânion de gelo deve se estender por vários quilômetros. Nem consigo ver do outro lado.

— E eu não estou vendo nenhuma ponte ou coisa parecida — observo.

— Não, não pode ser aqui! — Mindy verifica o mapa. — Devemos ter virado no lugar errado, sei lá. Os exilados não teriam atravessado este fosso, mesmo com todos os itens mágicos incríveis que eles têm.

— E se eles não tiverem atravessado? — Oggie sugere. — E se tiverem descido?

Com cuidado, Daz dá uma espiada na beira do precipício.

— Não sei, não. Não acho que Rake conseguiria descer um penhasco perigoso como este. Vocês viram o estado de saúde dele.

— Imagino que nós também não conseguiríamos — eu brinco, inspecionando a queda.

Abaixo de nós, há um fosso aberto de pedra glacial azul, completamente íngreme. Vai saber até onde isso vai! Provavelmente até o centro do mundo.

— Com esse gelo escorregadio e os ventos fortes, com certeza a coisa não acabaria bem. — Olho para trás e vejo nossos rastros, que vão até o topo do morro coberto de neve-cíntila de onde viemos. — Será que não é melhor voltar? — eu pergunto, derrotado.

— Aqui! — Ingrid está ajoelhada, meio longe, analisando alguma coisa que sai do chão. — Olhem só isto!

> Uma pedra rúnica!
> Parece que alguém acabou de tirar a neve de cima dela.

— Foram os exilados — afirmo. — Tem que ter sido. E isso significa que estamos no caminho certo.

— Mas o que a runa diz? — Daz quer saber.

Oggie passa a mão no queixo, que está com os pelos todos emaranhados.

— Vejamos! — Mindy pega a mochila e tira o caderno da aula de Runas e Enigmas. — Oba, vamos lá! — Ela vai virando as páginas. — A primeira e a última runas são iguais. Elas significam "olho". A segunda runa significa "grande".

Olho     Grande     Olho

— Olho... grande... olho? — pergunto, intrigado. — Isso não faz sentido.

Oggie entra na conversa:

— Vocês estão levando muito ao pé da letra. Precisam pensar fora da caixinha, lembram? E se "olho", na verdade, significar "veja", "olhe", "observe"... ou "visão"?

— Oggie tá certo — Daz concorda. — "Olho" é apenas o ponto de partida para o significado. É possível extrapolar todo o verdadeiro sentido da runa considerando o contexto.

Ponto de partida? Extrapolar o que com quem? Eu deixo minha cabeça cair entre as mãos. Parece que estou ouvindo mais uma das aulas do professor Scrumpledink.

— Não faço ideia do que você acabou de dizer.

— Grande... grande... grande... — Oggie resmunga sozinho, me ignorando completamente. Ele fica perdido em seus pensamentos, andando para a frente e para trás. — Quando a palavra "grande" está entre outras duas palavras rúnicas, geralmente significa "maior que". Tipo uma coisa que é maior do que a outra. Visão maior do que a visão.

Nós todos ficamos olhando pra ele, maravilhados, enquanto Oggie parece desvendar o enigma das runas.

> MAIOR QUE... MELHOR QUE...
> MAIS LONGE QUE...
> ALÉM!

> JÁ SEI! VISÃO ALÉM da visão!
> É ver além do que as pessoas costumam ver!

— Tipo, ver alguma coisa que está escondida? — eu pergunto.
— Exato! — Oggie responde. — Princípio oito do Código do Aventureiro: toda caverna tem uma porta secreta.
— Olha, tenho que admitir — Mindy comenta, completamente chocada —, talvez você seja mesmo um Mestre de Charadas, Oggie.

Ele fica vermelho e sorri por um segundo. E então algo parece desanimá-lo.

— Bom, ééé... Imagino que a próxima pergunta seja: onde está a porta secreta? O que deveríamos estar vendo aqui?

Ao ouvir isso, todo mundo fica completamente perplexo. Passamos a próxima hora queimando os neurônios e procurando por perto da pedra rúnica algo que nos dê uma pista, qualquer coisa que nos aponte a direção certa. Nós cavamos na neve, ficamos gritando senhas bobas para a pedra rúnica, pulamos para todo lado feito macacos... e nada funcionou.

Em um ataque de frustração, pego uma pedra gelada e jogo no cânion. Mas, para minha surpresa, acontece algo MUITO estranho.

A pedra não cai. Ela só desliza e para pelo caminho. Em pleno ar!

— Ahm... Ei! Vocês viram isso? — eu pergunto, perplexo.

Daz arregala os olhos.

— Isso não é normal.

— Sabem o que significa? — Mindy clama. — Visão além da visão! Deve ter algum tipo de ponte invisível aqui!

— Ponte invisível?! — Oggie repete.

— Bom, é tudo ou nada. — E Ingrid salta da pedra rúnica, dando um passo no ar.

— Olha, essa menina é corajosa mesmo — Oggie comenta.

— Ahm... acho que é melhor eu ir primeiro, Ingrid — Mindy sugere, entregando a mochila para Oggie. Ela então aponta para as próprias asinhas. — Se tiver um buraco na ponte, pelo menos eu tenho asas para voar.

Lembra que eu disse que não tenho medo de altura? Bom, acho que mudei de ideia. Tente atravessar uma ponte completamente invisível suspensa por cima de um abismo infinito e verá nascer em você um tipo de medo completamente novo.

Para piorar ainda mais, o vento começa a bater forte pra valer, dando a sensação de que eu poderia cair a qualquer momento. E mal consigo ouvir o que meus amigos estão dizendo, com a ventania gritando em meus ouvidos. O único consolo é que agora eu consigo enxergar o que há do outro lado do abismo.

— Estamos quase chegando — Mindy grita, mas a ventania abafa suas palavras.

**UUUUUUUUSH!**

— É, mas tá ficando mais difícil! — eu grito de volta.

> O quê? Não consigo ouvir!

> Eu disse que tá ficando difícil!

> Nem me fale! Estou com tanta fome que também comeria asinha de burício!

> Como?

UUUUUUUUUUUUUSHHH

— Eu disse que estou com tanta fome que também...

**UUUUUUUUUUUUUUSH!**

Em um segundo, um vendaval estrondoso me arrasta para o outro lado da ponte, me derrubando como se eu fosse uma boneca de pano!

— Coop! — ouço a Daz gritar. E então, não sei como, vejo que ela vem parar ao meu lado.

— Daz! Você... você me salvou!

— Ainda não! — ela grita, e neste momento a força do vento nos leva para tão longe da ponte que não conseguimos voltar.

Daz se debate para tentar se endireitar, e o manto dela deixa um rastro de poeira alaranjada brilhante enquanto ficamos girando na corrente de ar.

— Acho que isso não foi uma boa ideia — comento, segurando-me nos braços de Daz para tentar não morrer.

— Não deu tempo pra raciocinar direito. — Ela solta um grunhido pelo esforço de tentar me segurar.

— Tenho uma ideia! — Eu mexo na luva mágica em minha mão. A luva solta uma descarga de energia quando toco nela. — Isto aqui vai nos dar um impulso. Segura firme!

— Acho que vamos ter que fazer um pouso torçado! — Daz avisa.

**BAM!** Nós batemos em um morro de neve-cíntila e paramos de rolar com a pancada.

— Conseguimos — digo, ofegante.

— E olha só! — Daz brinca. — Chegamos do outro lado antes dos demais.

Oggie vem correndo da ponte e, ao nos alcançar no gelo, abraça nós dois.

— Não acredito! Achamos que vocês já eram!

Nós paramos para respirar e curtir o momento antes de tentar entender onde estamos. Além de duas dúzias de pilares de gelo, há uma porta enorme e toda enfeitada, construída em ouro e prata.

— Deve ser a entrada da tumba — Mindy sugere.

— A tumba de Audrástica... — Oggie se espanta.

— Vamos, não podemos perder tempo — eu digo.

Chegando perto da porta, percebo algo que parecem pegadas na vegetação congelada. Os exilados não podem estar longe. Mas Ingrid percebe algo muito mais sinistro. O que eu achava que eram colunas de gelo não eram exatamente isso.

— Seja lá quem eles forem — afirmo, sério —, devem ter ativado algum tipo de armadilha.

— Por que você acha isso? — Daz pergunta.

— Olhe para a porta. — Eu aponto para três pedestais marcados com runas.

— Que fantástico! — Mindy franze o rosto. — Era exatamente disso que a gente precisava: mais runas!

CAPÍTULO
# 20

**A**rmadilhas? Eu odeio armadilhas!
 Examino os três pedestais na base da porta de pedra gigante. Cada um tem uma runa gravada. E, abaixo dos pedestais, em uma mesa de pedra baixinha, há quatro pedras redondas, cada uma delas marcada com uma runa também.

Nossos passos arrastados pela neve ecoam por aquele lugar frio. Nós andamos para lá e para cá, tentando entender aquele quebra-cabeça diante de nós. Tenho a impressão de que os rostos macabros dos esqueletos estão fazendo cara feia para mim lá de dentro de suas prisões congeladas, e sinto um arrepio percorrer minha espinha.

Eu me agacho e passo meu dedo pelas runas, tentando lembrar o que cada uma delas significa.

— Bom, o que vocês acham?

— Acho que não podemos errar. — Oggie toca em um dos esqueletos aventureiros congelados. **TINC, TINC.**

— Concordo. — Mindy chacoalha a cabeça. — Essas pobres almas devem ter errado a resposta do enigma. E por isso foram transformadas em…

— …picolé… — Oggie completa, estremecendo.

**TIC TOC, TIC TOC.**

— Vocês ouviram isso? — Daz se vira com as orelhas em pé. Ela saca suas adagas e as gira no ar, assumindo uma postura defensiva.

— Essa não, será que é um cronômetro? — Oggie se assusta.

— Shhhh. Acho que não. Ouçam. — Eu caminho entre os aventureiros congelados. As sombras sinistras se alongam, parecendo tentáculos negros. — Está vindo daqui.

**TIC TOC, TIC TOC.**

— Você tem razão. Eu ouvi também! — Ingrid aponta para um grande fragmento de gelo. — Parece um relógio.

— Ou o mecanismo de um relógio — Mindy reflete. — Sabe, aqueles de tecnologia púlver! — Ela ilumina o bloco de gelo com uma tocha, e meus olhos se arregalam na mesma hora.

> Isso é o que eu estou imaginando?
>
> Uau...
>
> Não é possível...
>
> Uma pessoa-púlver!

— O que é uma pessoa-púlver? — Ingrid pergunta.

— São pessoas mecânicas — Mindy explica. — Foram inventadas pelo povo xourim. Esse deve estar funcionando, só que está congelado aí dentro.

Ela coloca a mão no gelo, que solta uma fumacinha.

— Talvez a gente possa libertá-lo, se conseguir derreter o gelo.

— Libertá-lo? Como é que vamos saber se isso é seguro? — Oggie hesita. — Caramba, vocês não se lembram do guardião do cofre? Cheio de lasers e maquinários? Todas aquelas coisas superdivertidas?

— Se ele estava tentando resolver o enigma da runa e foi congelado, provavelmente não faz parte das defesas da tumba. — Eu aproximo o ouvido do gelo.

# TIC TOC, TIC TOC.

Não consigo deixar de me surpreender com isso.

— Será que essa pessoa-púlver não estava procurando pela Pedra dos Desejos também? Por que outro motivo estaria aqui? E, se não for isso, talvez a gente possa aprender alguma coisa com ela.

— Acho que você está no caminho certo — Mindy afirma.

— Mas como vamos tirá-la daí de dentro? Essa camada de gelo deve ter uns trinta centímetros.

Sinto uma energia crepitar em minha luva, que ainda está quente depois de termos voado com ela contra a força da corrente de vento.

— Talvez eu possa lançar um raio contra o gelo — eu sugiro.

— Bom, é como diz o ditado. — Oggie faz uma gracinha, batendo o ombro no meu de brincadeira. — Quando você tem um martelo, tudo parece um prego.

Eu aponto a luva para o bloco de gelo.

— Fiquem longe. Eu ainda não peguei o jeito desta coisa.

ZZWSH

O raio de energia sai da minha luva fazendo um estrondo. Fios de luz saem tremendo pelo ar e encostam no gelo. Manobrando com cuidado a trajetória do raio, eu vou removendo devagar pedaços do bloco, derretendo as camadas mais externas. Em poucos segundos, o gelo some.

A pessoa-púlver sai pisando forte em nossa direção, e eu consigo ver meus olhos refletidos na carapaça metálica larga de sua armadura blindada. A cada pegada pesada, ouvimos os estalidos mecânicos.

Oggie dá um passo para trás, ainda sem ter certeza se aquilo foi uma boa ideia. Na verdade, Mindy, Ingrid e Daz fazem a mesma coisa.

— Ahm, oi! — eu cumprimento, ainda com certa insegurança. — Tudo bem?

A pessoa-púlver se aproxima, gigante, com os olhos brilhando. De repente, eu também me questiono se aquilo foi uma boa ideia.

— S-s-saudações, amigos aventureiros! — A voz retumba, mas não de um jeito assustador. É uma voz bem alegre, na verdade. — Por favor, aceitem minha mais sincera gratidão por vocês terem me libertado!

— Imagina! — eu digo, chamando os outros para virem mais para a frente. — Meu nome é Coop, e estes aqui são meus amigos, Mindy, Oggie, Daz e Ingrid. Estamos em uma missão.

— S-s-saudações, Coop, Mindy, Oggie, Daz e Ingrid — ele responde, repetindo nossos nomes tão rápido que mal consigo ouvir. E, então, em um movimento mais rápido do que um raio e um aperto firme das mãos, ele cumprimenta cada um de nós pessoalmente. — Minha designação é V-v-victor Série Sete! Mas vocês podem me chamar de "Victor Sete" ou apenas "Victor".

De repente, a cabeça da máquina gira e seus olhos começam a piscar uma luz amarela.

— Por favor, aguardem a recalibração completa dos sistemas-púlver.

— Recalibração? — pergunto, mas antes de eu conseguir pensar direito, Victor Sete parece entrar numa espécie de sobrecarga mecânica.

Suas pernas e seus braços começam a girar, e sai um clarão de seus olhos.

— Inicializando!

O corpo de Victor treme e, de repente, ele para em uma postura de herói.

— Recalibração completa! — conclui.

Victor Sete se ajoelha diante de nós como um verdadeiro cavaleiro.

— Perdão. Meus sistemas-púlver precisavam ser restaurados, e o modulador de replicação de voz tinha de ser ajustado. Fui projetado para me autoconsertar.

— Ah, é? — Oggie encolhe os ombros, se vira e sussurra para Mindy: — O que isso significa?

— Acho que significa que ele não vai mais gaguejar. — Mindy parece estar impressionada com Victor Sete. — De onde você veio, Victor?

— Excelente pergunta! — Victor se anima, girando suas engrenagens. — Adoraria compartilhar na íntegra minha história de quinhentos anos. Mas acho melhor vocês se sentarem.

História de quinhentos anos? Fico encantado só de pensar. Victor existe há quinhentos anos? Será que é verdade? E então a ficha cai.

— Calma, você disse "na íntegra"? Tipo, "palavra por palavra", "detalhe por detalhe"? Acho que nós não temos quinhentos anos para ouvir.

— Perdão! Claro que não, falha minha. Seus parâmetros

de rendimento vital não se estendem por tanto tempo assim. — Victor Sete ergue suas sobrancelhas metálicas. — Eu adoraria compartilhar a versão resumida em cinco minutos, se vocês não se importarem.

— Sim, adoraríamos conhecer sua história — afirmo, mais para meus amigos do que para Victor.

As luzes nos olhos de Victor escurecem, como que para criar um clima. E então, os mecanismos internos começam a tilintar, rufando como um trovão, e sua voz retumba, dando início à história.

— Tudo começou no reino distante de xourim, além das Montanhas de Paredes Pulverolentas, durante o reinado sombrio de Cargamaque, o ciclope tirano! Foram tempos atrozes. Tempos em que nenhum xourim estava seguro. Tempos em que, quando qualquer um ousava desafiar os gigantes e terríveis soberanos, era aprisionado ou coisa pior...

Concentrados, ouvimos o relato de Victor.

— Havia um vilarejo chamado Roo, um lugar lindo, que brilhava como uma pedra preciosa em meio às dunas. Foi lá que eu fui criado. Por meu pai. Ele era um humilde inventor, um gênio. E ele bolou um plano ousado para derrubar Cargamaque e seus vassalos. O objetivo do meu pai era criar um campeão, um herói que defenderia o vilarejo de Roo. E, por sete anos, montou e desmontou, criando diversos irmãos: Victor Série Um, Victor Série Dois, Victor Série Três, Victor Série Quatro...

— Victor Série Cinco e Victor Série Seis e Sete? — Oggie termina.

— Exatamente! Como você sabia? — Victor Sete se alegra.
— Eu, Victor Série Sete, fui o último irmão. Em todos os aspectos, uma obra-prima de engrenagens e mecanismos diversos.

— Uau! E você derrotou Cargamaque e seus vasilhas? — Oggie pergunta.

— Não são vasilhas, Oggie. São vassalos — Mindy corrige.
— São como lacaios.

— E você derrotou Cargamaque e seus lacaios? — Oggie pergunta de novo, empolgado.

Victor pisca com seus olhos enormes.

— Não, não derrotei — ele responde, de forma brusca. E então para, como que para se recompor. — Infelizmente, não saí vitorioso, e o vilarejo de Roo foi destruído. Cargamaque era um adversário poderoso, e eu... falhei. Eu não era forte o suficiente.

— Sinto muito. — Daz coloca a mão sobre o ombro metálico de Victor.

A voz de Victor faz um zumbido, como se ele estivesse tentando pigarrear.

— E, portanto, como não fui o herói que estava destinado a ser, saí em uma missão. Rumo a esta tumba, onde a poderosa feiticeira Audrástica escondeu a lasca perdida da Pedra dos Desejos, ao menos pelo que dizem as lendas. Eu calculei que, se conseguisse encontrar todas as lascas, poderia utilizá-las para fazer um pedido especial.

— Qual pedido você faria? — eu pergunto, curioso.

— Ser um herói de verdade. Para nunca mais falhar.

No silêncio, os mecanismos de Victor disparam zunidos e campainhas.

— Mas, pobre de mim, minha mente-púlver não foi capaz de solucionar o enigma da runa deste local. Como tantos outros, eu errei e fui congelado. Segundo meu relógio-púlver, fiquei preso por quatrocentos e noventa e nove anos.

— Uau... — Oggie inspira fundo.

— E, mesmo assim, nem em quatrocentos e noventa e nove anos eu consegui resolver o enigma.

Victor encolhe seu corpo enorme, frustrado.

— Como será que Rake e os exilados passaram? — eu me pergunto.

— Rake e os exilados? — Victor estreita seus olhos mecânicos, e a cada piscada ouve-se um estalido. — Claro! Você está falando dos que vieram antes de vocês. O goblin ferido e seus vassalos.

— Eles mesmos! — eu exclamo. — Precisamos alcançá-los. Eles também estão procurando a lasca.

Victor leva a mão ao queixo.

— Será complicado. Esse sujeito, Rake, tinha uma chave mágica que burlou as defesas rúnicas. Exatamente como a feiticeira Audrástica fez, segundo o que diz a lenda.

— Precisamos resolver o enigma. — Eu corro de volta até os três pedestais. — Você sabe de alguma coisa que possa nos contar, Victor? Alguma pista? — Ergo a primeira pedra rúnica e a analiso mais uma vez.

— Calma! — a voz do Victor retumba como uma corneta. — Eu posso ajudar, mas devo admitir que não entendi muito bem. Vocês sabem o significado das palavras rúnicas?

— É, acho que sim. — Mindy vai esvoaçando até o ombro de Victor e aponta para os símbolos nos pedestais.

— Imagino que a gente tenha que ligar as runas nos pedestais com as runas das pedras aqui de baixo. — Mindy coça atrás da orelha.

— É, mas tem quatro pedras e só três pedestais — Daz observa.

— Aí é que está a armadilha. — Oggie balança a cabeça, já imerso em pensamentos. — Uma delas não se encaixa.

> Olho — Mente — Coração — Punho
>
> Se formos combiná-las, há inúmeras possibilidades.

— Vinte e quatro combinações possíveis, para ser exato — Victor explica. — O que nos dá uma chance de quatro por cento de acertar a combinação correta.

Quatro por cento? Meu cérebro dispara para diferentes direções ao pensar nisso. Errar um desafio na escola é tranquilo, mas quando você está na tumba de uma feiticeira e o destino de toda a escola depende disso, o risco é real.

— Qual combinação você escolheu, Victor? — eu pergunto, tentando coletar alguma informação que seja útil.

Os olhos dele começam a piscar.

— Fiz uma suposição calculada de que cada característica... sabedoria, coragem e verdade... corresponderia a uma parte do corpo.

— Ah, então é fácil! — Eu me sinto inspirado. — Acho que sei a resposta! Deveríamos ligar sabedoria à mente, coragem ao coração e verdade ao olho!

— Uau, acho que você tem razão! — Mindy concorda.

— Parece bem convincente pra mim. — Oggie abre um sorriso.

— Bem pensado, Coop! — Daz comemora.

— Uma sugestão muito nobre e inteligente — Victor interrompe, emitindo um assovio. — O único problema é que foi exatamente essa minha resposta. E, como vocês sabem, eu falhei.

Nosso entusiasmo de repente evapora, e eu vou me sentar, encolhido, em uma pedra fria.

— Ah, é claro que não poderia ser tão fácil — resmungo.

E eu achando que era um gênio. Nossa, se não fosse por Victor, eu poderia ter transformado todos nós em cubinhos de gelo.

Alguns minutos se passam enquanto pensamos a respeito, chutando pedras e coçando a cabeça.

— Estamos perdendo um tempo precioso aqui. — Chuto uma pluma de neve gelada, que sobe pelo ar. — Mas eu não consigo pensar em nenhuma outra resposta!

Oggie está zangado e concentrado.

— Eu também não — ele diz.

— Talvez o problema seja que todos nós estamos pensando a partir da mesma perspectiva — Mindy supõe.

— O que quer dizer? — Ingrid encolhe os ombros.

E então a ficha cai para mim.

— O professor Scrumpledink! O que ele disse sobre enigmas? Que não tem a ver com respostas encontradas nos livros...

— Procurar alusões e duplos sentidos — Daz segue minha linha de pensamento.

— Ele disse que deveríamos nos concentrar no que a charada pode significar não apenas para nós... — Oggie e Ingrid dizem ao mesmo tempo.

— ...mas para o Mestre de Charadas, seja lá quem for! — Mindy termina.

Talvez Scrumpledink entenda mesmo do assunto.

— Victor, o que você pode nos contar sobre a feiticeira Audrástica? — eu pergunto.

Victor se vira em nossa direção.

— Reproduzindo informações de As Crônicas de Hamarungue, sobre a feiticeira Audrástica, ou Audrástica, a Impiedosa, na íntegra. — Os olhos de Victor brilham quando ele começa a relatar: — Audrástica era uma feiticeira tão inteligente quanto ambiciosa. Ela é descrita nos livros como impiedosa, intransigente e determinada. Nascida em um mundo difícil e implacável, ela alcançou a fama milênios atrás nos reinos do norte, hoje conhecidos como Felmog. Conhecida por sua vontade ferrenha, Audrástica desempenhou um papel importante na Guerra dos Magos, em que os três grandes magos, cada um dono de uma lasca da Pedra dos Desejos, lutaram para conseguir ficar com as outras duas lascas. Ninguém saiu vitorioso, e os três sucumbiram. No entanto, Audrástica conseguiu guardar sua lasca e acreditou até a morte que ela era a guardiã escolhida.

— Victor, você é um gênio! — eu digo. — É isso! Nós todos respondemos a mesma coisa porque não enxergamos as coisas como ela! Audrástica não era como nós. O que significa sabedoria, coragem e verdade para uma feiticeira do mal como Audrástica?

— Eu não tinha pensado nisso. — As engrenagens na cabeça de Victor começam a girar.

Eu respiro fundo e coloco a pedra do Punho no pedestal da Sabedoria. Ela se ajeita no lugar e começa a brilhar!

— Deve ser a resposta certa! — Victor exclama.

— Muito bem, Coop! — Mindy comemora. — Nada mal para quem achava que seria reprovado em Runas e Enigmas! Estou impressionada!

Daz esfrega uma mão na outra, animada.

— Agora sim! Victor, me diga uma coisa. Você falou que Audrástica era conhecida por ser intransigente. É preciso ter coragem para isso, não? Bom, eu diria que a coragem vem do coração. Mas há quem diga que vem da mente. Sabe, né, aquela coisa de a mente prevalecer sobre o corpo...

— Faz sentido! — Oggie concorda. — Para uma pessoa como Audrástica, coragem não tem a ver com ser valente. Tem a ver com perseverança. Com lutar pelo que você acredita até o fim.

Daz me entrega a pedra da Mente para eu colocar no pedestal da Coragem, e, quando eu o faço, a runa se ajeita no lugar e brilha novamente. **UFA!**

— O último pedestal! — As peças de Victor chacoalham com tanta empolgação.

— É verdade. — Oggie leva a mão à testa. — É a pedra do Olho ou a pedra do Coração?

— Talvez a ponte invisível seja uma pista! — Ingrid sugere. — Pensem só. Visão além da visão. Nem sempre se pode confiar nos olhos para enxergar a verdade.

— Ingrid, acho que você está no caminho certo. — Mindy ergue os óculos. — Audrástica vivia em um tempo de guerra e caos, com magos tramando o tempo todo uns contra os outros. Talvez, do ponto de vista dela, se ela quisesse saber da verdade, precisava confiar no coração.

— Afinal de contas, como Victor disse, ela era ambiciosa. — Daz ergue uma sobrancelha. — Ela acreditava que tinha sido escolhida para ficar com todas as lascas.

— Então é o coração.

Eu pego a pedra do Coração e me aproximo do último pedestal. Todos olham para mim, e sinto gotas de suor escorrerem por meu rosto, apesar do frio.

— Dedos cruzados…

Eu coloco a pedra no pedestal da Verdade, e a sala começa a tremer. A última runa acende, emanando uma luz ofuscante.

A porta se abre, rangendo, e uma luz desaba sobre nós, iluminando as pobres almas congeladas que não conseguiram passar.

Os olhos de Victor brilham.

— Eu nunca sonharia… — ele diz, soltando um rugido mecânico.

## CAPÍTULO
# 21

Com nosso novo amigo mecânico ao nosso lado, entramos nas profundezas da tumba de Audrástica, descendo com cuidado uma enorme escada em espiral, com degraus totalmente escorregadios. Nossa respiração fica suspensa no ar como nuvens pesadas à medida que descemos cada vez mais pelos corredores de gelo, tendo apenas as lâmpadas dos olhos de Victor Sete para iluminar o caminho.

— Que sorte a nossa termos encontrado você, Victor — Oggie diz, sorrindo. — Além de nos ajudar a resolver o enigma, você é uma lanterna ambulante.

— Pelo contrário — Victor responde. — Na verdade, eu que tenho sorte, senhor Oggie. Se não fosse por vocês cinco, eu ficaria preso no bloco de gelo por toda a eternidade. Ou pelo menos até que meu relógio-púlver pifasse de vez.

— Então você ficou acordado o tempo todo? — Daz pergunta. — Você não ficou de saco cheio?

Victor para e pensa por um instante.

— Acordado? Sim. De saco cheio? Nunca. Eu tinha muitas coisas com as quais ocupar meus processadores de pensamento internos.

— No que você ficou pensando por quinhentos anos? — Mindy quer saber.

— Essa é fácil: em meus erros do passado — Victor comenta em voz baixa. — E vou repará-los com a Pedra dos Desejos e, finalmente, me tornar o que meu pai queria que eu fosse: um herói de verdade.

Oggie segura firme no ombro de bronze de Victor.

— Ei, não seja tão cruel consigo mesmo, Vic. O que quer que tenha acontecido, tenho certeza de que você deu o seu melhor.

— Errado! — Victor vocifera.

> Um herói de verdade teria sido forte o bastante para afastar os temidos ciclopes.
>
> Mas eu não consegui evitar que o poderoso martelo de Cargamaque destruísse o vilarejo de Roo.
>
> E ainda assim, quis o destino que apenas eu, Victor Série Sete, sobrevivesse à destruição.

Victor para de andar, e a luz dos seus olhos enfraquece. Suas engrenagens soltam cliques e zumbidos, como se ele estivesse acessando memórias antigas.

— Heróis de verdade são protetores. Heróis de verdade sempre conseguem o que querem — ele diz, por fim.

— Isso não é verdade, Victor. — Lembrei do que o senhor Quelíceras me disse outro dia na biblioteca. — Você não precisa conseguir fazer tudo o que quer para ser um herói. Você só precisa tentar.

Nós todos ficamos quietos, ouvindo o corpo de metal de Victor estalar e tilintar, com ele parado em silêncio. Victor parece estar pensando no que eu acabei de dizer. Por fim, as luzes de seus olhos começam a brilhar outra vez, e ele continua:

— Interessante. Eu não havia pensado por esse ponto de vista, senhor Coop.

Sem dizer mais nada, Victor desce pelos corredores congelados.

— Segundo meus registros, a lasca da Pedra do Desejo fica armazenada na terceira e última câmara desta tumba. Nós certamente conseguiremos pegá-la. Mas depois haverá o pequeno inconveniente de ter que apanhar as duas outras lascas. Segundo meus cálculos, teremos todas as três lascas em algum momento dentro dos próximos duzentos anos.

— Duzentos anos? — Oggie surta. —Acho que não vamos viver até lá para contar essa história, Vic.

— Que infelicidade — Victor se detém. — Aliás, por que vocês estão em busca das lascas? Qual será o desejo de vocês?

— Desejo? — Ingrid fica intrigada. — Eu nunca pensei nisso.

— Diz a lenda que a Pedra dos Desejos ainda pode conceder dois desejos — Victor explica. — O criador da relíquia só usou um desejo antes de tentar destruí-la. Mas sua magia era tão poderosa que a pedra só pôde ser partida em três lascas, que se espalharam pelo abismo.

— Dois desejos? — Mindy se admira. — Eu achei que só restava um desejo.

Oggie ergue uma sobrancelha.

— Maneiro! O que é que a gente vai pedir?

— Não vamos pedir nada — eu digo para Oggie e para os demais. — Não é por isso que estamos aqui. — Então, me viro para Victor. — Estamos aqui para impedir que Rake e os exilados consigam encontrar todas as lascas. Não se sabe para que eles querem usar os desejos restantes, mas eu garanto que não é coisa boa.

— Rake e os exilados? Eles são inimigos, não? — Victor pergunta. Eu faço que sim.

— Do pior tipo de inimigo. Como Cargamaque.

— Eles transformaram todos de nossa escola em pedra — Daz continua. — Além de impedi-los de encontrar as lascas, precisamos de um antídoto para salvar a escola!

— Entendo. — Os olhos de Victor giram e parecem se voltar para mim. — Nesse caso, vou me unir a vocês na missão de deter Rake e os exilados, pois é isso que um herói de verdade faria.

— Oba! — Oggie comemora. — Victor entrou pro time!

Pouco depois, saímos dos túneis de gelo e entramos em uma sala escura que tem cheiro de sótão velho e poeirento.

> **Meus sensores olfativos detectam o odor de decomposição. Esta deve ser a segunda câmara.**
>
> **Credo! Agora está começando a parecer uma tumba de verdade, né? Essas coisas são caixões?**
>
> **Sarcófagos, mais exatamente.**
>
> **Mais alguém aqui está com arrepios?**
>
> **Eu.**
>
> **Legal.**

Passamos para o centro da câmara, e as paredes dos dois lados estão cheias daqueles caixões sinistros... Caixões, não: sarcófagos. Sinto meu braço arrepiar. Tem alguma coisa muito estranha neste lugar. É frio, mas não só por causa da temperatura. Não, é como se houvesse alguma coisa… ou alguém no ar. Por um segundo, vejo de canto de olho um flash de um fantasma. Mas fantasmas não existem. Ou existem?

No final da câmara, há uma porta de pedra grossa, com duas grandes runas gravadas. Mindy consulta o caderno.

— Cuidar! A primeira significa "cuidar" — ela nos informa. — E "desejo". Aqui diz "cuidar desejo"!

— "Cuidar desejo"? — eu resmungo.

— "Cuidar"… também significa "cuidado"? — Oggie coça o queixo, daquele jeito que ele sempre faz. — Tome cuidado… tome cuidado com o que você deseja!

De repente, um bloco de pedra cai no chão, causando um estrondo ao nosso lado e bloqueando a entrada. Como aventureiros, nós sabemos o que aquilo significa.

— Uma armadilha! — Daz grita.

— Não. — Uma voz de outro mundo responde, ecoando pela câmara. — Apenas uma simples pergunta.

É nesse momento que vários fantasmas verdes magricelos atravessam os caixões e nos cercam!

Um dos fantasmas, enfeitado com uma armadura etérea cheia de penduricalhos, paira sobre nós como um carrasco, enquanto os outros fantasmas nos cercam com suas caras ameaçadoras.

— Nós somos os guardiões de Audrástica, a Impiedosa. Audrástica, a Feiticeira do Gelo — o fantasma anuncia. — Somos seus servos leais... até a morte.

Antes de conseguirmos nos apresentar direito, o guardião fantasmagórico se adianta:

— Por que vocês vieram à tumba de nossa senhora? Vocês estão em busca da lasca da Pedra dos Desejos?

Eu olho para meus amigos, mas eles estão tão assustados e inseguros quanto eu.

— Ahm... é... isso — eu afirmo, nervoso.

O guardião fantasmagórico solta um suspiro tenebroso, e sinto um arrepio percorrer minha espinha.

— Me diga, então, cada um de vocês — ele diz, ríspido —, qual seu DESEJO? Vocês não podem mentir. Eu sei ler mentes.

Segue-se uma longa pausa. A única coisa que me vem à cabeça é erguer um dedo (sabe aquele gesto universal de "espere só um segundinho"?) e pedir para o time se reunir.

— Pessoal... — eu sussurro quando estamos todos reunidos. Olho para o fantasma carrancudo lá atrás, que parece esperar pacientemente. — Algo me diz que isso não é uma simples pergunta. É uma charada.

— Certeza, é uma charada — Oggie concorda.

— Então, o que vamos dizer? — Daz me encara.

Eu leio as runas na porta outra vez e, por sorte, uma ideia me vem à mente:

— Tome cuidado com o que você deseja! Lembram? Acho que deveríamos dizer a eles que não temos nenhum desejo.

Mindy concorda.

— É, faz sentido. Um desejo não pode dar errado se não existir.

— Isso. Sendo assim, meus amigos, não pensem em absolutamente nada! — Eu dou a instrução. — Você consegue fazer isso, Victor?

— Afirmativo. Desativando temporariamente a função heurística — ele responde.

Bato as mãos, e nós desfazemos a roda para ficarmos um ao lado do outro, de frente para o guardião fantasmagórico principal.

— Tá, estamos prontos — eu anuncio. — Acho.

O guerreiro fantasma parece nos olhar com um ar de dúvida e faz um gesto lento com a cabeça.

— Então, um por um, me diga… qual é seu DESEJO?

> EU NÃO desejo nada.

> Seu desejo... foi CONCEDIDO.

— Tá — eu digo, meio sem acreditar, olhando em volta e esperando que algo aconteça. — Nenhum desejo foi concedido. Isso significa que a porta vai abrir? Nós passamos?

De repente, a sala começa a tremer, deixando cair poeira e gelo do teto e dos sarcófagos. Os guardiões fantasmagóricos soltam uma risada rouca e assustadora.

— Vocês não tiveram cuidado! — ele nos repreende.

O guardião e os outros fantasmas começam a sumir, girando e girando à nossa volta, em um tornado fantasmagórico vertiginoso.

— Peraí! — eu grito. — O que está acontecendo? Nós não desejamos nada! Eu não desejei nada! Você desejou alguma coisa? — pergunto para Daz.

— Nadinha! — ela grita.

— Não olhem para mim — Ingrid responde.

— Eu também não! Victor, você fez algum desejo? — Mindy pergunta.

— Negativo! Todos os processos heurísticos estavam paralisados.

De repente, sinto alguma coisa cair em minha cabeça.

— Ai! — reclamo.

E aí alguma coisa cai em Daz e em Mindy. Eu me abaixo para pegar o que caiu na gente e vejo uma lata de refrigerante, um pacote de torresmo de orc e barrinhas de gelatina de mungo.

— Guloseimas? — Mindy murmura.

Quando uma avalanche de lanches começa a cair do teto, todo mundo se vira para Oggie, que, estranhamente, se manteve quieto o tempo todo.

— Oggie, o que você fez? — Mindy, agora encharcada de calda de chocolate, o acusa.

— Não consegui me controlar — ele se explica. — Eu fiquei repetindo na minha cabeça "nada, nada, nada"! Mas aí escapou. Pensei em minhas comidas favoritas! — Um cachorro-quente coberto de mostarda e geleia de mungo cai no ombro de Oggie, e ele, sem nem pensar, o pega e começa a morder. — Poxa, eu tô com tanta fome...

— Oggie! — Daz reclama ao ser atingida por um pacote de miojo de javalesma.

— Caramba! — Uma chuva de cheeseburguers duplos cai em mim, com bastante catchup e molho de trimenta picante.

A comida cai com cada vez mais força e começa a inundar a sala em poucos segundos, produzindo pilhas mais altas que nós.

— Venham aqui embaixo! — Mindy grita, usando seu anel mágico para conjurar um campo de força acima de nós, como um guarda-chuva.

Um rolobúrguer gigante cai quicando nas pontas feito um tronco de árvore e faz o campo de força balançar.

— Isso não será suficiente para impedir que sejamos enterrados vivos — eu grito, abafado pelo som da comida se esparramando por todos os lados. — Precisamos abrir caminho até a próxima câmara.

Eu recarrego minha luva e lanço um feixe de energia, incinerando uma barra de chocolate e tortinhas de grude gigantes.

— Socorro! — Ingrid grita ao ser arrastada por um desmoronamento de almôndegas, indo parar embaixo da maré de comida.

Daz e Victor saem correndo e a erguem pelos braços, mas todos começam a afundar muito rápido em uma poça de macarrão que gira como um redemoinho, enquanto torresmos de orc gigantes caem feito meteoros em cima deles.

Ainda protegidos pelo campo de força de Mindy, eu e Oggie nos levantamos. Ele afasta uma batata chips gigante do caminho, e o disparo da minha luva atravessa um megarrolobúrguer, e, por fim, atinge a porta de saída.

Porém, a porta de pedra é forte demais! O disparo mágico mal chega a amassá-la.

— Vou tentar erguê-la. — Oggie, em desespero, corre em direção à porta.

— Coop, o campo de força tá sumindo! — Mindy avisa.

O peso esmagador de um biscoito de chocolate imenso faz a luz do anel mágico tremer. De repente, uma onda traz uma enxurrada de migalhas, levando Mindy junto e sugando-a para dentro de um redemoinho.

— Mindy!

E, assim, do nada, ficamos só eu e Oggie.
— Não consigo erguer a porta! — ele urra.
O túnel vazio criado por meu disparo começa a ceder.
Tudo parece perdido, e eu estou praticamente afundado em uma avalanche de fritas com molho de queijo. E, se não fosse pelo completo pavor de morrer sufocado, eu poderia até dar risada daquela situação absurda. Mortos por guloseimas! Mas antes de perder todas as esperanças, vejo algo maravilhoso.

— Simbora!

Victor dá um salto para fugir de um cupcake gigantesco, carregando Daz, Mindy e Ingrid nos braços. E então ele me segura pela gola da camiseta e me arranca de minha cova de batatas fritas.

Juntos, corremos na direção da porta no momento em que um bombom de manteiga de amendoim do tamanho de um barril de cerveja vem girando em nossa direção.

— Não adianta! Nunca vamos conseguir erguer esta porta! — Oggie lamenta.

— Redirecionando máxima potência para os mecanismos de içamento! — Victor fala com uma voz retumbante. E, com uma força incrível, ele ergue a porta grossa gravada com a runa, tirando-a alguns centímetros do chão.

Uma fumaça começa a sair de sua cabeça, parecendo uma chaleira, e as juntas de seu braço afrouxam, mas Victor mantém a porta erguida o suficiente para que Ingrid e Mindy consigam se espremer e passar para o outro lado. Eu e Daz vamos logo atrás, enquanto Victor se esforça para erguer mais a porta para Oggie passar.

— Vocês precisam deter Rake... e os exilados.... evitar que eles causem o mal... à Terra de Eem! — Victor ordena, e seus braços mecânicos começam a apitar por causa da pressão.

— Anda, Victor, você tem que vir com a gente! — eu imploro, ajudando Oggie a passar por baixo da porta.

A porta de pedra se fecha batendo no chão. O silêncio que se segue é horripilante.

— Victor! — Eu suspiro, colocando as mãos na porta de pedra. — Você tá me ouvindo? Victor!

Mas não escutamos nenhuma resposta.

— Não... — Mindy choraminga. — Ele... ele se foi.

— Ele salvou nossas vidas — Daz murmura, rouca.

— Ele foi um herói — Oggie afirma entre lágrimas. — Um herói de verdade.

— E nós não vamos decepcioná-lo. — Eu conforto meus amigos, sentindo uma dor de tristeza revirar em minha barriga. Enxugo as lágrimas e me viro, determinado. — Nós vamos deter Rake. E salvaremos a escola.

CAPÍTULO
## 22

O corredor que leva à tumba de Audrástica é escuro. Ouvimos gritos vindos da câmara à nossa frente. A voz de Lazlar Rake é a que mais vibra, com raiva, como um espírito maligno. Não entendo bem o que ele está dizendo, mas consigo ouvir também os exilados, discordando aos berros, com as vozes abafadas.

Passamos em silêncio pela porta e entramos em uma cúpula imensa com estacas de gelo fincadas na parede, apontando para nós como se fossem dentes.

— Tentem ficar quietos — eu digo. — Eles não têm ideia de que estamos aqui, então podemos usar isso a nosso favor.

Nós nos posicionamos atrás de uma estátua enorme de uma mulher carrancuda com um vestido esvoaçante. Suponho que seja a própria Audrástica, a Impiedosa. O olhar dela, mesmo sendo uma estátua, faz eriçar os pelos da minha nuca.

Então, espreitando pela lateral da estátua, vejo Rake e os exilados, parados em volta de uma espécie de pirâmide.

Dorian Ryder dá um passo à frente, e percebo que ele está segurando o Esplendor de Cristal! O grupo de exilados se afasta ao ver o membro mais antigo do grupo se aproximando da plataforma, de onde Rake resmunga alguma coisa, visivelmente frustrado.

— Nós podemos ajudar, mestre — Dorian sugere, inseguro. Rake olha para ele, sem nada responder.

— É. Eu posso tentar adivinhar, se você quiser — Kodar sugere, animado, e Rake parece não gostar de seu tom.

— Quietos! Me deixem pensar... — Rake tosse com a bocarra escancarada da máscara de metal. — Eu não posso simplesmente apertar o botão e chutar qualquer coisa. Assim, a armadilha vai disparar! — Ele esfrega o rosto, aborrecido. — Só tenho uma chance para adivinhar a resposta do enigma!

— Caramba, ele tá aborrecido mesmo — Oggie comenta, baixinho.

— Acho que estamos com sorte — sussurro. — Tem algum tipo de charada ali, e parece que eles empacaram. Talvez assim a gente ganhe um tempinho...

— Droga! A chave rúnica conseguiu nos livrar de todas as outras charadas! — Rake se enfurece. — Por que agora sou obrigado a responder esta aqui? — Em um ataque de frustração, ele arremessa a chave rúnica, que cai tilintando no chão. — Foram anos de sacrifício para conseguir a chave, e agora ela é inútil.

Rake se vira e parece falar com a estátua de Audrástica.

— Você é impiedosa mesmo, heim? Mesmo depois de morta, me atormenta com suas artimanhas perversas.

De repente, Kodar torce o nariz e franze as sobrancelhas.

— Vocês estão sentindo este cheiro? Parece... batata frita com queijo.

— Heim? — Crag pergunta, confuso.

— É, sim, com certeza é cheiro de batata frita com queijo. — Kodar fareja o ar com um olhar suspeito. — E refrigolante.

Ops! Eu me movimento para me esconder atrás da estátua, mas antes de conseguir chegar, Kodar e Crag nos pegam no flagra!

— Ora, ora, o que temos aqui? Bebezinhos aventureiros? — Kodar gargalha.

Crag trava meu braço em minhas costas e me empurra, derrubando-me aos pés de Dorian.

— Como assim?! — Dorian esbraveja. — Como vocês fizeram isso? Fui eu que tranquei a masmorra com eles lá dentro!

Rake olha para Dorian e faz um gesto para os outros exilados, ordenando que eles nos cerquem. Em poucos segundos, as armas deles estão todas apontadas para nós, de todos os lados. É então que vejo Zeek e Axel. Olho bem nos olhos deles, mas os dois desviam o olhar.

Rake grita conosco, parado atrás da barreira de exilados.

— Ratos da Escola de Aventureiros? Não é possível! Como vocês chegaram aqui? — ele indaga. — Será que existe outra chave rúnica?

Eu fico em pé.

— Não foi nenhuma chave rúnica que nos trouxe até aqui, Rake. Nós vencemos os desafios à moda antiga.

O rosto de Rake fica vermelho por um segundo, e ele então relaxa.

— Confesso que estou surpreso. E também impressionado.

Dorian Ryder cruza os braços, com um ar de reprovação, e Rake se aproxima, enquanto os exilados se separam na frente dele.

— É uma pena que você e seus amigos tenham perdido a oportunidade de se unir a nós. — Ele se finge de decepcionado. — Qualquer um que consiga escapar do Castelo dos Exilados e vencer as runas da tumba de Audrástica seria um belo complemento à nossa família. Não é verdade, exilados?

Os exilados resmungam, sem querer concordar, mas aquela aprovação vazia faz meu sangue gelar. Eu olho bem para Zeek, e ele engole em seco.

— Não importa. — Rake suspira, e sua máscara estrala. — Embora eu esteja impressionado, a missão de vocês acaba aqui. Exilados? Acabem com eles.

As espadas de aço e as flechas brilham na penumbra da tumba. Os exilados nos olham com desprezo, loucos para acabar conosco! Pense rápido, Coop! Pense! Pense! Pense! E então eu tenho uma ideia.

Rake! E se nós decifrarmos a charada pra você?

No mesmo instante em que as palavras saem da minha boca, Dorian me agarra pelo pescoço e se inclina em minha direção com um sorrisinho incrédulo.

— Tá bom. Você vai decifrar a charada... — Ele dá uma risada petulante e olha para Rake, em busca de apoio. — Isso é muito ridículo, né?

Todos voltam os olhos para Rake, que se mexe, parecendo desconfortável naquela armadura. Os vidrinhos de poções tilintam dentro do seu casaco. Um deles contém o antídoto do feitiço de petrificação e está bem à nossa frente. Se achasse que conseguiria escapar depois de pegar o antídoto, aqui e agora, eu tentaria. Mas sem uma distração, nunca conseguirei escapar.

Rake endireita a postura, estralando a coluna.

— Muito bem — ele concorda. — Decifre o enigma. Você tem um minuto.

— Mestre, isso é um absurdo! — Dorian protesta. — Deixe-nos provar o valor dos exilados para você!

— Silêncio! — Rake berra, e toda a tumba parece tremer.

Zeek e Axel dão um pulo de medo. Por um breve momento, percebo que os dois estão apavorados.

Rake se inclina para a frente e olha bem dentro dos meus olhos.

— Esses talentosos aventureiros conseguiram chegar até aqui sem nenhuma chave rúnica e sem saber dos perigos que os aguardavam. Talvez eles possam mesmo decifrar o enigma, não é?

— Só que tem uma condição — eu afirmo, dando um passo à frente. — Quando decifrarmos a charada, você tem que nos entregar o antídoto.

Minhas palavras não são um pedido, mas uma ordem, e a resposta de Rake me surpreende:

— É justo — ele diz, com a respiração pesada.

Dorian chuta uma pedra para longe e fecha a cara.

— Prontos para começar? — Rake pergunta, com certa irreverência. Ele está gostando disso...

— Prontos — eu concordo, e o Time Verde inteiro concorda comigo.

— Então, aqui vai a charada...

> Eu sou inquebrável, mas posso ser quebrada. Eu sou forjada no fogo, mas não posso ser empunhada.

> Sou mais forte do que a água, a terra, o fogo e o ar. Eu transformo sonhos em realidade, se eu ousar.

> O que eu sou?

Repito a charada em voz alta várias vezes enquanto meus amigos andam em círculos.

— O que acha, Oggie? — Ele é o melhor em charada, então olho para meu amigo para buscar uma inspiração.

Oggie faz uma careta, e as engrenagens do seu cérebro começam a girar. De certa forma, ele me faz lembrar de Victor Sete, o que me deixa triste. Queria que ele estivesse aqui conosco. Com ele, talvez tivéssemos alguma chance contra os exilados. Oggie resmunga, apertando a cabeça e fechando os olhos bem apertados, e faz um barulho esquisito com a boca. Numa última explosão de esforço intelectual, ele enfia um dedo peludo dentro do nariz.

— Eca! — Daz resmunga.

— Relaxa, é o processo dele — eu respondo. — E aí, alguma ideia?

É quando os olhos de Oggie brilham; mas com a voz vacilante, ele sugere:

— Imaginação?

Parece que todo o ar foi sugado da sala, e a resposta de Oggie fica pairando entre nós.

Os exilados resmungam alto suas críticas.

— Fala sério! — Dorian zomba. — Isso é o melhor que você consegue?

E então Rake emite um suspiro longo e decepcionado.

— Que patético... — ele se queixa. — Bom, o tempo de vocês acabou, Aventureiros Mirins.

A raiva de Dorian se transforma em alegria maligna.

— Eu falei que eles não conseguiriam. — Ele dá uma risadinha.

Rake aponta para nós com sua garra e diz:

— Eliminem todos!

Os exilados não perdem tempo e correm em nossa direção, com as armas apontadas e os itens mágicos carregados na potência máxima. Eu caio para trás, desviando por pouco de uma machadada de Kodar. Sua lâmina azul vibra tanto com a eletricidade que faz meu cabelo ficar em pé! Esse pessoal quer se livrar de nós sem perda de tempo.

No meio do caos, eu espio Zeek e Axel, ainda parados ali, se olhando sem saber o que fazer.

— Mexam-se, novatos! — Dorian ralha com eles, que erguem os punhos e dão um passo à frente, inseguros.

Não acredito no que estou vendo. Zeek e Axel nos traíram! Em estado de choque, eu quase não percebo que Tess está mirando o arco com uma flecha apontada para mim.

Daz me tira do caminho e, por muito pouco, eu escapo de uma flechada.

— Acorda, Coop! — Em um segundo, Daz dá um mortal para trás, gira por cima de Tess e dá um chute nela.

Tess deixa cair o arco, que desliza pelo chão e vai parar nas mãos de Mindy.

— Deixa comigo! — Mindy passa a disparar nas estalactites do teto. Uns pedaços de gelo afiados feito navalha caem no chão, mantendo Kodar e os outros longe de nós.

Eu me levanto e me recomponho.

— Zeek! Axel! Vocês não precisam fazer isso! — eu grito.

— Olhem só pra vocês. Tenho vergonha de dizer que fui do Time Vermelho — Ingrid afirma com desdém, enquanto os brigões caminham a passos largos na direção dela.

— Ah, é? Dá isso aqui! — Axel rosna, pegando a varinha de Ingrid.

— Varinha de telecinese? — Zeek dá risada. — Vai ser muito útil.

Com um brilho de satisfação no olhar, Dorian Ryder empunha o Esplendor de Cristal e pula até onde estou.

— Esta espada fica melhor em mim, você não acha?

Sem nenhum outro recurso, eu me preparo para lutar contra Dorian. O que mais posso fazer? Eu ergo minha luva, preparando-me para bloquear o golpe de Dorian. Se eu conseguir desarmá-lo e colocar as mãos na espada, talvez eu possa...

— Te peguei! — Dorian resmunga quando o cabo disparado por sua arma se enrola em mim, tão apertado que mal consigo mexer os braços, que dirá ativar minha luva mágica.

A situação degringola bem rápido. E Oggie parece estar achando a mesma coisa. Olho para o campo de batalha e o vejo empurrando Crag para o lado com seu escudo, para correr na direção da plataforma. O que ele está fazendo?

Oggie aperta o botão em seu cinto mágico para ativar a armadura milagrosa. Empurrando com uma força tremenda, ele atropela os exilados, como faria um atacante de barrobol.

— O que significa isso? — Rake vocifera ao ver Oggie subindo a plataforma e derrubando o velho goblin, que tenta segurá-lo pelo traseiro.

Dando um pulo no ar, Oggie estende a mão e bate no botão da pedra rúnica da pirâmide.

> A resposta da charada é... TEMPO!

Por um momento, todos param de lutar.

Rake se arrasta e espera, contendo a respiração.

— Tempo? — ele zomba. — Seu idiota! Você libertou os golens de gelo de Audrástica e condenou todos nós! — Rake berra, e o branco dos seus olhos parece aumentar, de tão surpreso que ele está. E então ele dá um golpe tão forte em Oggie com seu braço aumentado que derruba meu amigo.

Oggie bate contra uma pedra pontiaguda, e sua armadura mágica se retorce inteira.

— Oggie! — eu grito, mas ele não responde.

Uma pulsação de força mágica explode na tumba, e um raio de luz passa por cima de nós. A energia forma um turbilhão que sobe até o teto e é absorvida nas estalactites penduradas lá em cima.

Todos ficamos olhando, admirados, quando aquelas pontas afiadas nas paredes começam a tremer e se mover.

— Tem algo estranho ali — Daz avisa, posicionando-se para se defender.

De repente, uma das estacas se solta e revela dezenas de criaturas congeladas.

Mais monstros de gelo brotam do chão. No meio do caos, eu consigo me soltar do cabo de Dorian e correr até Oggie, que continua desmaiado.

— Acorda, cara, você tem que ficar bem!

Mindy, Daz e Ingrid vêm até onde eu estou, e formamos um círculo ao redor do nosso amigo caído.

— Isto vai ajudar. — Ingrid pega uma poção e a coloca nos lábios de Oggie. — É uma poção de coragem!

— Oggie! — eu comemoro. — Não, cara, você não tá morto. Ainda não, pelo menos.

— Eita, quem são aqueles ali? — Oggie se refere às criaturas de gelo que estão perseguindo os exilados à nossa volta.

— São golens de gelo que Audrástica deve ter criado com magia rúnica poderosa para defender as lascas! — Mindy esclarece.

— Acho que você libertou essas criaturas quando disparou a armadilha — eu explico.

— Massa! Então a distração funcionou! — Oggie se anima, ainda tonto.

Uma multidão de golens de gelo fervilha por todos os lados, e os exilados lutam para tentar afastá-los. No momento em que conseguimos colocar Oggie em pé, uma explosão de neve-cíntila revela uma fera gigantesca no meio da câmara. Abominável em todos os sentidos, o brutamontes congelado é dez vezes maior que os outros golens de gelo. Fazendo o barulho de uma geleira despencando, o monstrengo se ergue, apoiando-se em seus pés meio derretidos.

Eu diria que aquilo era a pior coisa que já vi na vida, mas, olhando pelo lado positivo, o corpão do monstro criou uma barreira entre nós e os exilados. No final das contas, acho que o plano maluco de Oggie fazia sentido!

Vejo, então, Rake parado em frente à escadaria. Apesar da bagunça da batalha, ele tenta resolver a charada, desesperado para desarmar a armadilha final da feiticeira. Duas criaturas de gelo caem na escadaria, e Rake dá um giro, lançando disparos precisos com seu bacamarte. E com um movimento amplo de sua espada magnífica, os golens de gelo que o atacavam se quebram em mil pedacinhos bem na frente dele.

— Precisamos deter Rake! — eu grito para meus amigos.

— Bem... ele é o menor dos nossos problemas. — Mindy aponta para o colosso de neve-cíntila.

Enfurecido, ele vem com todo seu peso em nossa direção, enquanto os exilados tentam fugir de suas pegadas estrondosas. Com a boca cheia de presas de gelo pendentes, ele solta seu bafo congelado. As pegadas do monstro fazem a terra tremer a cada passo, e ele se aproxima de nós como uma avalanche.

— Eu não sei o que fazer! — admito.

— Eu também não. — Daz olha bem em meus olhos.

— Estou sem ideia nenhuma — Mindy lamenta, com a voz trêmula.

Oggie e Ingrid olham para cima, boquiabertos e resignados, e veem o gigante se aproximando.

O golen de gelo gigante ruge, e nós ficamos cobertos por sua sombra fria. Mas é então que eu ouço alguma coisa. Todos nós ouvimos.

## TIC TOC, TIC TOC, TIC TOC.

Se eu não tivesse visto, não teria acreditado! Victor Sete, vivo! Ele não parecia lá muito bem, mas, poxa, ele estava vivo! Com uma velocidade impressionante e movimentos perfeitamente calculados, Victor vem com tudo, detonando os golens de gelo menores. Ele os esmaga, corta, golpeia, pisoteia, abrindo caminho até o gigante à nossa frente. Nunca vi ninguém lutar com tanta habilidade.

— Victor! — Nós todos comemoramos juntos.

— Vou segurar estes animais, meus caros companheiros! — A voz de Victor ressoa na câmara. — Busquem o antídoto! Salvem seus amigos!

Enquanto Victor lida com os monstrengos, nós corremos em direção à escadaria.

Kodar se aproxima de mim, com seu machado crepitando com a energia da luz.

— Quer dançar comigo? — Daz faz uma piadinha, se defendendo.

Ela chuta, girando no ar, e derruba Kodar, que vai parar lá atrás, onde Rake está. Quando os dois se trombam, os tubos conectados à armadura de Rake se soltam das conexões. Os canos soltos começam a balançar, e os elixires se dispersam para todos os lados, deixando de bombear para dentro de seu corpo. Prejudicado pelo mau funcionamento da geringonça, Rake recua, gemendo de dor.

Aproveitando a oportunidade, Mindy esvoaça até a tumba em forma de pirâmide e examina a runa, enquanto o ruído da batalha entre Victor e o gigante abominável ressoa por toda a tumba. Nisso, os exilados se afastam, aterrorizados, deixando seu mestre para trás.

Mindy coloca a mão no botão rúnico.

— Acho que eu sei a resposta — ela diz.

— Pense bem — Dorian Ryder surge do nada, tentando acertar Mindy com o Esplendor de Cristal, e eu consigo empurrá-la a tempo de livrá-la do golpe.

Com a velocidade de um chacoelho, Dorian gira e dá um chute em Daz e, antes de eu conseguir reagir, sua mão acerta meu nariz em cheio. A dor explode, e a minha visão fica embaçada. Ao olhar para cima, vejo duas sombras ao lado de Dorian, e não demoro muito para notar que são de Zeek e de Axel.

— Você está estragando tudo, Cooperson! — Zeek diz. — Desista de uma vez! — Parece até que ele está me implorando.

— Zeek tem razão. Desista! — Dorian nos olha com desprezo e me dá um chute nas costelas. Ele sacode o Esplendor de Cristal, com raiva. — Por que este treco não funciona?

— Nunca funcionará com você — eu digo. E é verdade. — Essa é a Espada de Cem Heróis. A espada do Grande Rei

Gogumelo Miko Morga Megalomungo. E você não é um herói, Dorian. Você não é nem um aventureiro de verdade.

Dorian ferve de raiva, e seu rosto fica vermelho.

— Dane-se! Eu não preciso do poder desta espada para acabar com você.

— Fica longe deles! — Oggie sobe as escadas com seus passos pesados, junto com Ingrid.

Mas Dorian parece um furacão. O Esplendor de Cristal resvala no escudo de Oggie, fazendo-o perder o equilíbrio e cair em cima de Ingrid.

— O que você tá esperando? — Dorian rosna com Zeek. — Acaba com eles!

Mas Zeek não se mexe. Nem Axel. Parece até que eles empacaram.

— Seus covardes! Fora daqui! — Dorian resmunga, mandando-me para o chão com um chute.

De longe, ouço Victor Sete nos chamar, com a voz tão alta e clara quanto o apito de um motor a vapor.

— Eu não v-v-vou conseguir segurar o monstro por muito mais tempo! — ele grita. — A análise tática diz que eu não p--p-possssso vencer! Mas eu tentarei! Eu tentarei! — Victor não para de repetir. — Eu tentarei!

Será que ele está pifando por causa de todo o estrago que sofreu?

— Eu tentarei... — Mindy repete sozinha. — É isso! Eu tentarei!

De canto de olho, vejo que ela torna a correr na direção do botão rúnico. Desta vez, todos a ignoram, até mesmo Dorian.

— Pronto para o seu fim? — Dorian rosna para mim. Com uma ameaça calma e tranquila, ele ergue o Esplendor de Cristal para o golpe final.

Eu fecho os olhos e me preparo para o impacto.

Então, acho que é assim que a história termina.

> Eu sou inquebrável, mas posso ser quebrada.
>
> Eu sou forjada nas chamas, mas não posso ser empunhada.
>
> Sou mais forte do que a água, a terra, o fogo e o ar.
>
> Eu transformo sonhos em realidade, se eu ousar.
>
> A RESPOSTA É DETERMINAÇÃO!

No momento em que o Esplendor de Cristal vem descendo com tudo em minha direção, um estrondo se espalha pela câmara. Dorian vacila no golpe, e eu seguro a espada com minha luva.

**CLANG**

Dorian olha para mim sem acreditar no que vê. A tumba da feiticeira se abre, causando um estrondo bem do nosso lado. Com uma força que eu não sabia que tinha, puxo o cabo da mão de Dorian. Empunhando a espada, eu ativo o poder do Esplendor de Cristal, que brilha com uma chama verde-azulada.

— C-como você fez...?! — Dorian gagueja, e nós dois nos afastamos da tumba que se abre.

Assustados, todos ficamos olhando a tumba revelar seus segredos. Adormecido há milhares de anos, o esqueleto de Audrástica, a Impiedosa, é exposto. Congelado no tempo, seus ossos milenares ainda estão cobertos de vestes magníficas, mas é o que ela tem nas mãos que deixa todo mundo espantado.

Por um segundo, Mindy hesita em tentar tirar a lasca da Pedra dos Desejos das mãos ossudas de Audrástica. A velha caveira da feiticeira parece fazer cara feia mesmo morta.

Com uma velocidade repentina, Rake agarra a lasca avidamente.

— A segunda lasca da Pedra dos Desejos! É minha, finalmente! — ele declara, com os tubos ainda vazando. — Finalmente.

O velho goblin aperta a pedra firme nas mãos, rindo de alegria. Olhando para o caos da batalha a seu redor, Rake tira uma pedra preta do bolso do casaco. A pedra brilha, e um portal mágico se abre atrás dele.

— Não podemos deixar Rake escapar! — Eu corro na direção dele, mas Dorian se coloca em meu caminho.

Não! Isso não pode estar acontecendo! Rake corre na direção do portal para escapar, e junto com ele está o destino de toda a Escola de Aventureiros!

Em choque, Rake cambaleia e fica com metade do corpo para dentro do portal.

— Me solta! — ele resmunga, com um olhar penetrante. — Me solta ou a Escola de Aventureiros vai ficar petrificada pra sempre!

Tentando se livrar de Oggie com seu braço mecânico, ele tira o antídoto do cinto e ameaça quebrar o frasco.

— Que assim seja — Rake zomba, com o mesmo toque de satisfação na voz. Sem olhar de novo, ele lança o frasco do antídoto no ar e gargalha. — Peguem!

Oggie solta o velho exilado e tenta segurar o frasco, que passa voando por cima de sua cabeça.

Rake salta no portal e some da tumba de Audrástica, enquanto o frasco voa pelos ares. Todos nós nos jogamos para tentar segurar o antídoto, mas ninguém chega perto. O frasco fica girando no ar, prestes a virar caquinhos no chão congelado.

E então, a poucos centímetros do chão, o frasco simplesmente para! Fica suspenso no ar! Olho para cima e vejo Zeek segurando a varinha de telecinese.

— O que você tá fazendo? Quebre o antídoto! — Dorian ordena.

Mas Zeek não o ouve. O frasco fica flutuando no ar por um segundo até que Zeek o pega com cuidado nas mãos.

— Destrua de uma vez, seu covarde! — Dorian grita de novo, apanhando outra pedra preta e abrindo o portal. — Vamos dar o fora daqui!

Zeek olha para Dorian e franze a testa. Ele aperta o antídoto firme nas mãos.

— Não — Zeek diz, por fim. — Não vou fazer isso.

Será que eu estou vendo isso mesmo? Zeek está defendendo a Escola de Aventureiros? Eu sabia! Eu sabia que ele não iria nos trair!

— Vou acabar com você! — Dorian resmunga, correndo na direção do frasco na mão de Zeek.

> Não vai, Não, cara.

Dorian faz uma cara feia, com a voz tremendo de raiva:
— Vocês dois são uns fracotes! Nenhum de vocês serve para ser um exilado!
— Não importa mais — Kodar continua, agora, dando risada. — Eles nunca conseguirão voltar a tempo de salvar a escola. Segundo meu relógio, eles só têm mais três horas antes de aqueles babacas virarem pedra para sempre!

Sem dizer mais uma palavra, Dorian e os outros exilados pulam e atravessam o portal, desaparecendo.

## GROOOOOOOOAAAAAAARRRR!

— Ainda não acabou! — Daz grita.
Eu me viro e vejo o golen de gelo gigante vindo em nossa direção. Empunhando o Esplendor de Cristal, eu me viro para meus amigos e vejo que estamos todos cansados e fracos. Olhares incertos mostram meu pior medo. Não temos condição de enfrentar aquele monstro.

O gigante nos fuzila com o olhar e range aqueles dentes enormes, deixando passar um bafo gélido que se alastra por cima de nós. Cerrando os dois punhos, a criatura está pronta para nos esmagar e nos transformar em sucata!

É quando a fera fica vesga, e seu rugido assustador se transforma em um lamento confuso.

O golen de gelo gigante explode, lançando aos ares uma nuvem de pó branco, e ficamos soterrados por uma avalanche de neve-cíntila. Conseguimos nos pôr em pé, ainda um pouco atordoados, cobertos da cabeça aos pés por aquela meleca molhada.

CAPÍTULO
## 23

— **V**amos! Rápido! — eu grito.
Saímos correndo da tumba de Audrástica, passamos pela montanha de guloseimas e voltamos para onde encontramos Victor Sete preso em um bloco de gelo.

Olho para trás e, vendo a entrada da tumba pela última vez, respiro fundo. Podemos até não ter conseguido deter Rake e os exilados. Podemos até estar cobertos de neve meio derretida e comidas fedorentas. Mas o que importa é que pegamos o antídoto.

— O tempo está acabando! — Ingrid nos apressa.

— Faltam só duas horas e quarenta e sete minutos — Mindy reforça, olhando para o relógio.

— Para todos os alunos da Escola de Aventureiros ficarem petrificados para sempre — Daz completa.

— Como vamos fazer para voltar? — Zeek pergunta, demonstrando todo o seu medo. É a primeira vez que ele diz alguma coisa desde que salvou o antídoto.

Oggie coça a cabeça.

— Nós nem sabemos a que distância estamos da escola!

Atravessamos a ponte invisível. Por sorte, os ventos não estão de modo algum tão perigosos quanto antes. Na verdade, comparado com o que acabamos de passar na tumba, a ponte invisível é moleza!

Quando chegamos ao outro lado do cânion, Mindy descarrega a mochila e tira de lá de dentro vários mapas amassados.

— Preciso tentar me situar aqui. — Ela começa a rabiscar os mapas com uma caneta, como se estivesse tentando sair de um labirinto de papel. — Essa não... isso é terrível. TERRÍVEL.

> **Nós estamos aqui embaixo, no Santuário Cintilante.**
>
> **E aqui está a Escola de Aventureiros.**
>
> **Nós nem estamos no mesmo mapa?**
>
> **Seguindo a trilha que você desenhou, passaremos dias viajando! Ou talvez semanas!**

— Não acredito! — Daz bufa, batendo o pé na neve. — Já era. Nós falhamos com eles.

Victor Sete corta o silêncio:

— T-t-talvez eu possa ajudar.

Nós todos nos viramos para ele, sem acreditar.

— Como? — eu pergunto.

— M-m-minha montaria! Broquinha! — Victor se anima. — Ela deve estar perto daqui. — O cavaleiro-púlver sai da área de neve-cíntila para olhar ao redor.

— Montaria? Não é por mal, Vic, mas acho que só vamos conseguir chegar à escola se você for capaz de nos teletransportar, ou coisa parecida, como os exilados fizeram. Penso que um cavalo não vai resolver nada.

— Aliás, como um cavalo poderia estar vivo depois de tantos anos? — Mindy franze a testa.

Sem dizer mais nada, Victor para e emite um assovio bem agudo, tão alto que precisamos tapar os ouvidos. E, de repente, eu começo a sentir um tremor debaixo dos meus pés.

— As invenções de p-p-papai nunca deixam de me surpreender — Victor diz.

Oggie fica de boca aberta, e nós cambaleamos para trás.

— ISSO é a sua montaria?!

Zeek e Axel ficam sem palavras.

— Que maneiro! Um tanque! — Ingrid comemora. — E parece uma toupeira! Que bonitinho!

O tanque estaciona na neve, fazendo um barulhão, e a broca gigante para de girar.

— Isso é muito legal, mas vocês viram os mapas de Mindy. — Daz chacoalha a cabeça, preocupada. — Não vamos chegar lá a tempo nem com um veículo desses.

— Daz tem razão — eu digo, mal-humorado. — O caminho de volta é um labirinto de túneis. Vamos levar semanas para atravessá-lo.

— Uma pequena c-c-correção — Victor interrompe. — Não se fizermos um trajeto direto do ponto A ao ponto B, como os túneis cavados pelas toupeiras!

Mindy arqueia uma sobrancelha.

— O que isso quer dizer, Victor?
— Pelos meus cálculos, ainda temos chance de chegar à Escola de Aventureiros dentro do tempo previsto.

Apontando para os mapas, Victor traça uma linha reta do ponto onde estamos até a Escola de Aventureiros.

— Com b-b-base nesta cartografia, a rede de túneis labirínticos se estende por cerca de cento e doze léguas daqui até a Escola de Aventureiros. Mas com Broquinha... — Victor acaricia o metal prateado e desgastado de seu tanque-toupeira gigante. — ...podemos contornar todos aqueles túneis, atravessando direto pela terra. Assim, a distância será reduzida drasticamente para apenas vinte léguas.

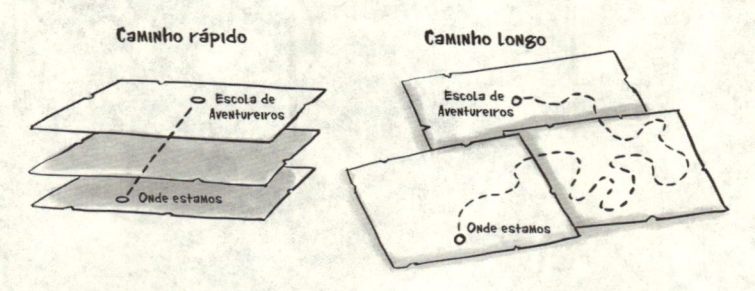

**Caminho rápido**
Escola de Aventureiros
Onde estamos

**Caminho longo**
Escola de Aventureiros
Onde estamos

— Isso é incrível! — Mindy arregala os olhos, espantada.
— Vinte léguas é? — Oggie sorri. — Impressionante.
— Quanto mede uma légua mesmo? — eu sussurro.
— Sei lá. — Oggie dá de ombros.
— Muito bem! — Daz põe as mãos na cintura, já convencida. — Façamos nosso próprio túnel!
— É i-i-isso aí! Mas não temos tempo a perder! — Victor exclama. — Todos a bordo!

Victor Sete ocupa a cabine do piloto, e nós nos amontoamos dentro da barriga de Broquinha, que começa a pingar gelo derretido por causa do calor que emana dos motores. Apertamos os cintos nas cadeiras velhas e quebradas, e eu me sinto maravilhado com aquela imensidão de luzes piscando, medidores apitando e válvulas soltando fumaça a nosso redor.

*Isso é incrível! Nunca vi nada parecido.*

— Inserindo c-c-coordenadas. — Victor digita rapidamente em um teclado e vira dezenas de chaves em um painel. — Travar Garras-M na posição de escavação! Segurem-se firme, meus amigos...

No que Victor Sete diz isso, Broquinha começa a avançar, lançando-nos para trás a um ângulo de quarenta e cinco graus. Os motores rugem feito dragões, e o tanque dispara na direção das rochas de gelo. Olho para o pórtico lateral, e tudo o que vejo é terra e escombros voando para todos os lados.

VWRRRR

— Isto aqui é muito melhor do que andar de trem-púlver, não é, Coop? — Oggie grita, e seu rosto peludo é repuxado para trás por causa da velocidade.

Eu me seguro no braço do assento quando o tanque começa a balançar e tremer.

— Concordo totalmente!

Depois da primeira hora turbulenta da viagem, os sacolejos começam a diminuir, e Victor fala pelo microfone da cabine:

— Agora estamos saindo pelo manto superior do Santuário Cintilante e entrando na crosta da Subterra.

Durante algum tempo, a viagem fica mais calma, mas o clima dentro do tanque é tenso. Todo mundo está preocupado. Será que vai dar tempo? E se não der?

Olho para Zeek e Axel, que estão agindo de um modo muito estranho. Os dois estão quietos demais, sem nem fazer piadinhas um com o outro. Zeek olha para a frente, desanimado, como se o peso do mundo estivesse em suas costas, e, de repente, ele se vira e me flagra a observá-lo.

Por um segundo, fico sem saber como reagir. Para ser sincero, uma parte de mim, bem pequena, quer mesmo humilhar Zeek e Axel. Jogar tudo na cara deles. Mas eu não sou assim. E agir dessa forma não me ajudaria a fazer amigos. Olha, se tem algo que aprendi é que o que mais importa na amizade é a confiança. E a confiança de verdade nasce nos momentos mais importantes. E quer saber? Zeek e Axel estavam lá no momento mais importante.

— Eu sabia que vocês não ficariam com os exilados — afirmo. — Eu sabia que vocês acabariam nos ajudando.

Zeek me olha sem acreditar, como se estivesse esperando que eu lhe desse um soco na cara, mas, em vez disso, eu o tivesse abraçado.

— Como você sabia… se nem eu mesmo sabia? — ele pergunta, visivelmente confuso. — Nem pensei direito. Eu vi o frasco caindo e peguei com a varinha.

— Exato — digo, decidido. — Você não precisou pensar. Porque você é um de nós. Vocês fazem parte da Escola de Aventureiros. — Aceno para Axel também. — Somos mais do que colegas de classe. Nós somos aventureiros. E somos amigos. E amigos confiam uns nos outros.

Após uma longa pausa, percebo que todo mundo estava ouvindo nossa conversa.

— Caramba, aquela galera dos exilados era um bando de IDIOTAS — Axel diz, por fim, quebrando o momento de tensão. — Serião mesmo.

Oggie entra na conversa:

— Concordo plenamente.

Daz olha para mim e sorri.

— Lá, é cada um por si. Mas nós estamos nessa juntos. É por isso que somos diferentes.

— É por isso que somos melhores! — Ingrid corrige.

— É, eu não ia dizer nada, mas é isso mesmo. Nós somos melhores! — Oggie dá risada.

— A-a-alerta! Alerta! Mineral de alta densidade à frente! — Victor nos avisa, preocupado. — Segundo os sensores de

Broquinha, há um veio de garganito concentrado logo à frente! Na certa isso irá atrasar o andamento!

— Essa não! — Mindy consulta o relógio. — Já estamos em cima da hora! Temos apenas trinta minutos para chegar à escola!

Apressado, Victor vira várias chaves e aperta vários botões quando o tanque começa a tremer.

— Então, sugiro que vocês apertem os cintos de segurança e segurem firme! Turbulência a caminho!

CAPÍTULO
# 24

— Acho que vou vomitar! — eu grito, quando Broquinha começa a penetrar nas montanhas de garganito que nos separam da Escola de Aventureiros.

— Essa coisa não consegue ir mais rápido? — Mindy pergunta para Victor.

O veículo trepida e dá solavancos, jogando-nos para todos os lados lá dentro, e a única coisa em que consigo pensar, além de chegar à escola a tempo com o antídoto, é em conter o vômito.

— Mais rápido? — Oggie responde, chocado. — Nós estamos indo tão rápido que estou sentindo o gosto do meu sapato!

— Oggie, você não usa sapato! — Daz se agarra às laterais do assento.

— Por isso que é tão estranho! — Oggie berra.

Victor se vira do banco do piloto e olha para nós. Os botões e alavancas não param de piscar, e ele empurra o acelerador de bronze, que nos impulsiona.

— Velocidade máxima atingida. Mas acredito que eu possa sobrecarregar os conjuntos de rotores para aumentar nossa velocidade.

— Uau! Isso é seguro? — Mindy bate a cabeça na lateral da lataria.

Victor faz os cálculos em seu cérebro mecânico.

— Os parâmetros de fricção superficial certamente sofrerão um aumento. Há uma chance de menos de cinquenta por cento de combustão estrutural total. Um risco satisfatório para heróis como vocês, imagino.

— Não se esqueçam de apertar bem os cintos — eu aviso e verifico novamente se o meu está bem preso.

— Será que não deveríamos pensar melhor? — Oggie fecha bem os olhos.

— Manda ver, Victor! — eu exclamo.

— Ou não! — Oggie berra.

## GROOOOOOOOIM! SHHHHHHHIIIUMMMM!

Os motores do Broquinha roncam, fazendo um estrondo, e nos impulsionam para dentro da terra com tanta força que eu consigo sentir o cheiro da fumaça saindo da ponta da broca. A máquina ronca ao perfurar a rocha e o sedimento, aquecendo toda a cabine. Estamos suando! Espiando pelo pórtico a meu lado, vejo uma luz alaranjada se acender na caverna, por conta do brilho do calor.

— Que incrível! — Ingrid grita, com o rosto repuxado por conta da velocidade.

— Alcançando a proximidade dos muros da Esc-c-cola de Aventureiros! — Victor grita mais alto do que o barulho da broca.

— Pode ser que a gente consiga! — Muito ansioso, sinto o suor pingando dos meus olhos.

— Ai, ai... — Victor diz, parecendo mais humano do que nunca.

— Ai, ai? O que foi? — Oggie se assusta. — Qual é a do ai, ai? Nada de AI, AI!

Victor mexe em alguns botões e se vira.

— Entrando em modo de falha! Infelizmente, não é possível reverter a sobrecarga.

— O que isso quer dizer?! — Oggie pergunta aos berros.

Mindy se agarra ao assento.

— Significa que a gente não consegue frear!

Victor segura firme no acelerador.

— Preparar para o impacto!

— Segurem-se! — eu grito.

Ouve-se o barulho do metal rangendo nas rochas, e a fuselagem de Broquinha fica toda amassada. Os painéis laterais se soltam das paredes, engrenagens apitam e os pórticos abrem com toda a força. Depois de balançar para trás e para a frente, o tanque finalmente consegue frear.

— Todo mundo tá bem? — eu pergunto, soltando meu cinto.

— Eu t-tô legal — Oggie responde, meio tonto.

— Aqui também. — Daz ajuda Mindy e Ingrid a saírem dos assentos.

— Zeek? Axel?

Zeek e Axel só fazem um joinha. Então, Zeek se curva e vomita no assento.

— Foi mal. — Ele arrota.

— Funcionamento em parâmetros aceitáveis — Victor diz, destravando a tranca das portas.

A porta se abre por completo, e nós descemos pelos degraus de metal e deparamos com uma área toda destruída.

— Minha nossa... — Oggie comenta ao analisar o estrago.

Todo o pátio está uma bagunça. As árvores estão com as raízes expostas e há pedras e entulhos para todos os lados. Uma abertura enorme divide em duas partes a área onde Broquinha escavou. A única coisa em pé é a torre do relógio.

— O treinador Quag vai pirar... — Daz tenta se limpar e ajuda Ingrid a sair do Broquinha.

— Precisamos nos apressar! — Mindy interrompe. — Falta menos de um minuto para a meia-noite!

Atravessamos o ginásio correndo a toda a velocidade. Tudo está igual a quando saímos: serpentinas coloridas, cartazes de papel gigantes, tigelas de ponche batizado e, é claro, uma maré de colegas petrificados e professores congelados, exatamente no lugar onde estavam.

— Trinta segundos! — Mindy informa.

— O que fazer? — Daz pergunta, ofegante. — Não vamos conseguir dar o antídoto para todo o mundo a tempo!

Eu brinco com o frasco em minha mão, olhando de uma estátua para outra. Para ser sincero, não tenho ideia do que fazer. Não dá tempo! Começo a sentir o suor pingar do meu rosto.

De repente, Ingrid tira o frasco das minhas mãos.

— Eu posso salvar todo mundo! — Ela vira o conteúdo do frasco das mãos e olha para o líquido brilhante. Então, sem dizer nada, joga tudo para cima.

— O que você tá fazendo?! — eu grito, com o coração acelerando no peito. Mas é claro que o frasco não cai.

A cena é hipnotizante: gotinhas do antídoto se espalham e giram no ar, na direção dos alunos e professores. Ingrid sacode a varinha para lá e para cá, como uma maestrina. Concentrada pra caramba, ela guia a poção preciosa com sua varinha até cada pessoa na sala.

— Magia — Victor observa.

As mãos de Ingrid brilham na luz fraca e, movimentando o pulso com agilidade, ela faz até a última gotinha chegar aos lábios das pessoas enfeitiçadas ao mesmo tempo!

Nós prendemos a respiração e ficamos esperando para ver se o antídoto funcionou mesmo.

— Isso foi maneiro mesmo — Zeek admite, com um sorrisinho pateta.

Ingrid deixa escapar um sorriso tímido.

— Eu sou uma bruxa, não sou?

O ginásio ganha vida à medida que as pessoas vão, uma a uma, despertando do sono do feitiço de petrificação. Os murmúrios e gemidos logo são abafados pelo som da música, quando a banda volta a tocar. Na verdade, a maioria das pessoas parece nem ter ideia de que foi enfeitiçada, pois elas simplesmente voltam a dançar e a se divertir. A situação toda é totalmente surreal.

E é neste momento que o diretor Munchowzen vem em nossa direção, gingando com a música.

— Puxa, já é meia-noite? Não achei que eu tivesse festejado tanto assim! — O diretor inclina a cabeça, e seu chapéu pende para o lado. — É impressão minha ou alguma coisa muito estranha acabou de acontecer?

— Estranho é pouco... — eu digo, trocando um olhar de cumplicidade com meu time.

— Acho que é hora de encerrar a noite. — Munchowzen suspira. — Porém, mais uma dança não fará mal a ninguém.

E, nisso, o diretor Munchowzen começa a dançar! No começo, eu quis rir, mas até que parecia divertido.

— Ei, aí está você, Oggie! Vamos dançar! — Melanie S. agarra Oggie pelo braço.

— Só mais uma dança, heim? — Oggie dá de ombros. — Tudo bem. Você vem, Coop?

— Me deixa fora dessa, estou acabado! — eu digo.

— Eu também — Daz concorda. — Acho que nunca me senti tão cansada assim na vida.

Nós nos jogamos nas cadeiras e começamos a rir, exaustos, sem saber o que fazer em seguida. De repente, o treinador Quag se aproxima de nós. Parecendo um pouco tonto ainda, ele aponta o dedão para a pista de dança.

— Vocês não vão chacoalhar os esqueletos? — ele pergunta.
— Acho que vamos ficar de fora dessa — eu respondo por todos.
A turma toda simplesmente concorda, balançando a cabeça.
— Tá bom — ele diz. — Eu estou precisando tomar um pouco de ar fresco…

## CAPÍTULO
# 25

Depois de curtir um tempo descansando e relaxando, e de ter que dar muitas explicações sobre o que exatamente aconteceu, as coisas acabaram voltando ao normal na Escola de Aventureiros.

E quer saber? Depois de resolver charadas mortais e runas de uma antiga feiticeira malvada em sua tumba cheia de armadilhas, a aula do professor Scrumpledink começou a parecer moleza. Isso porque Oggie, Daz, Mindy, Ingrid e até eu, Coop Cooperson, conseguimos arrasar no teste final, com louvor!

— PaRRRabéns, pessoal! — diz o professor Scrumpledink, de pé atrás do pódio e acenando para todos nós. Quer dizer, para todos que passamos na matéria dele!

Sintam-se entRRRe os poucos alunos que conseguiRRRam passaRRR na temida aula de runas e enigmas do pRRRofessoRRR ScRRRumpledink! É um feito de que poucos dão conta!

Olho em volta e percebo várias cadeiras vazias, mais especificamente a de Zeek e de Axel. Tem gente dizendo que os dois podem até ser expulsos! Lembro do início do semestre, quando eu achava que essa matéria seria o fim da minha carreira de aventureiro, e sinto um peso enorme sair das minhas costas.

— Sei que todos vocês apRRRenderam algo para suas futuRRRas aventuRRRas. — O professor sorri por baixo de sua longa barba grisalha. — E, agora, queRRRo apRRResentar a vocês... suas medalhas de Runas e Enigmas!

O professor Scrumpledink chama cada um à frente da sala e pendura as medalhas em nossas faixas.

—Usem-nas com oRRRgulho! Vocês meRRRecem! — ele comemora.

> Medalha de Runas e Enigmas conquistada.

Nós nos reunimos no corredor, do lado de fora da sala, e ficamos exibindo nossas novas medalhas maneiras. Nisso, a professora Clementine vem andando calmamente com um sorriso.

— Ah, a medalha de Runas e Enigmas combina muito bem com a medalha de Alquimia Básica — ela observa. — Parece até que vocês estão no caminho certo para se tornarem aventureiros cadetes!

É verdade! Eu já contei que nós também passamos na disciplina de Alquimia Básica? E devemos tudo a Ingrid. Ela é uma excelente professora!

— Obrigado, professora Clementine — eu respondo. — O semestre foi... interessante, para dizer o mínimo.

A professora Clementine bate sua perna de pau no chão.

— Bom, a vida de um aventureiro fica cada vez mais interessante! Falando nisso, o diretor Munchowzen me espera para conversarmos em seu escritório.

— O diretor Munchowzen? Sobre o quê? — Daz pergunta, curiosa.

— Não sei, mas tenho certeza de que será interessante. — A professora dá uma piscadela.

Nós cinco atravessamos o pátio, onde o buraco que Broquinha fez no chão ainda está isolado por um cordão e sob manutenção. Infelizmente, não consigo deixar de pensar em Rake e nos exilados todas as vezes que olho para lá. Eles continuam soltos por aí, cada vez mais perto de conseguir juntar todas as lascas da Pedra dos Desejos...

Entramos na área dos professores e, bem quando estamos prestes a abrir a porta da sala do diretor, um velho conhecido sai do escritório.

— Ora, ora! Olá, amigos! — Victor Sete nos cumprimenta, animado. Da última vez que o vimos, seu chassi estava completamente sujo, amassado e batido, mas agora ele está todo lustroso e brilhante!

— Professor? — Mindy se espanta. — Quer dizer que...?
Victor Sete gira a cabeça, todo feliz.

— Exato! Eu aceitei o cargo de professor de Táticas e Combate na Escola de Aventureiros, para iniciar imediatamente.

— Isso aí! — Oggie comemora.

— Parabéns, professor Victor Sete — eu digo.

— Muito obrigado! Na verdade, devo isso a vocês cinco. — Os olhos de Victor Sete se iluminam ao analisar nossos rostos. — Além de me salvarem da prisão de gelo, vocês me mostraram o que é o heroísmo de verdade.

— Mostramos? — Oggie está confuso, mas orgulhoso.

— Mas é claro! Em nossas aventuras juntos, cheguei à conclusão derradeira de que um herói pode falhar. Mas que o importante é sempre tentar. — Victor Sete estufa seu peito metálico, feliz. — E, por ter aprendido essa lição, desisti de minha antiga busca pelas lascas da Pedra dos Desejos, pois acredito que posso ser mais útil para o mundo ensinando o verdadeiro significado do heroísmo para jovens aventureiros como vocês!

— É muito bom ouvir isso, professor — eu digo, com afeto. — Nós sempre soubemos que você é um verdadeiro herói.

— Que grande honra, Coop Cooperson! — O professor Victor se curva em reverência e sai caminhando e acenando pelo corredor. — Bom, preciso ir. Tenho muitas coisas para preparar para o próximo semestre!

Nesta hora, o diretor Munchowzen aparece na porta e nos convida para entrar no escritório.

— Sejam muito bem-vindos! Sentem-se! — Ele se acomoda em sua enorme cadeira de couro.

Nós nos amontoamos na sala e ficamos sentados diante de uma grande escrivaninha de madeira de juba-juba.

> Como vocês bem sabem, desde o baile de boas-vindas, a vida anda agitada aqui na escola.
>
> Mas, agora que o semestre está acabando, achei que deveríamos discutir uns assuntos importantes.

O diretor Munchowzen se inclina com as mãos cruzadas sobre a mesa.

— Primeiramente, devo agradecer mais uma vez pela coragem e desenvoltura que vocês tiveram ao salvar toda a escola e descobrir o que Rake e os exilados estavam tramando. — O diretor respira fundo e começa a mexer em uma caneta. — Que reviravolta terrível...

— Eles podem ter escapado com a segunda lasca, mas ainda podemos detê-los — afirmo, determinado.

— Ah. Era exatamente sobre isso que eu queria conversar, senhor Cooperson. — Munchowzen esboça um sorriso triste. — Já é a segunda vez que vocês enfrentam desafios muito além de sua idade e de seu treinamento. E embora vocês tenham enfrentado tamanhos desafios de cabeça erguida, eu prefiro que isso não se torne um hábito.

Mindy ajeita os óculos.

— O que o senhor quer dizer?

— Estou dizendo que não quero que vocês tenham que se preocupar com essas coisas terríveis. — As mangas enormes da roupa do diretor esvoaçam com seus gestos intensos. — Quero que vocês se concentrem nos estudos. Que aprendam, que cresçam. Que sejam crianças! Não quero que deparem com situações tão angustiantes enquanto ainda são Aventureiros Mirins.

— Mas Rake... — eu começo a dizer, antes de o diretor me interromper.

— Rake pode ter conseguido a segunda lasca, mas montar a Pedra dos Desejos não será tão fácil assim. Pelo que consta, a terceira lasca se perdeu com o tempo, no fundo do Abismo da Subterra. Além disso, há outra pessoa trabalhando no caso. Vocês já devem ter ouvido falar dele. — Um brilho surge no olhar do diretor.

— Isso é incrível. — Estou completamente atordoado. O maior aventureiro do mundo, Shane Shandar, dará continuidade a um trabalho que NÓS começamos? Isso é maneiro demais!

— Ele está procurando por Rake e pelos exilados neste exato momento — Munchowzen continua — para garantir que eles nunca encontrem a última lasca da Pedra dos Desejos.

— Diretor... eu tenho uma pergunta. — Daz diz, depois que os ânimos se acalmam. — O que exatamente é essa Pedra dos Desejos? De onde ela vem?

— Humm... — O diretor Munchowzen se inclina para trás na cadeira e cruza as mãos no peito, à frente de sua veste abotoada. — Diz a lenda que é uma estrela que caiu na Terra de Eem muito tempo atrás, desfazendo-se em milhões de feixes de luz brilhante. E, dessa luz, surgiram os estrelinos, seres antigos de pura magia. Dizem que foram os estrelinos que trouxeram a magia para um mundo onde ela não existia.

— Uau... E isso é verdade?

— Shhh! — Mindy repreende Oggie.

— Dizem que as primeiras criaturas a herdar a magia se chamavam duelfos. Eram um povo simples e bondoso que usava a magia para criar coisas maravilhosas. A mais maravilhosa de todas foi um artefato, a Pedra dos Desejos, que tinha o poder de conceder três desejos a quem a possuísse. Desejos esses que os duelfos esperavam que fossem fazer do mundo um lugar melhor.

Mergulhado em seus pensamentos, Munchowzen torce o bigode.

— Vejam bem, o maior desejo dos duelfos era compartilhar a magia com todos os povos da Terra de Eem. Eles acreditavam que todos deveriam conhecer o fascínio e o poder que os estrelinos haviam deixado. Mas quando os povos da Terra de Eem fizeram seus desejos, o resultado não foi o que os duelfos esperavam. Longe disso — Munchowzen conclui.

Eu me inclino na ponta da cadeira.

— O que houve?

— Com o passar do tempo, a magia que eles compartilharam passou a ser cobiçada como ouro e foi tomada por feiticeiros sedentos de poder! — o diretor fala com sua voz retumbante. — E os feiticeiros construíram impérios e dominaram o mundo, em vez de usar a magia para libertá-lo.

— Feiticeiros como Audrástica — Ingrid murmura.

Munchowzen concorda.

— Os duelfos, aterrorizados com a situação, decidiram destruir a Pedra dos Desejos para que os últimos dois desejos nunca fossem concedidos. Mas a magia da pedra era tão forte que...

— ...ela não pôde ser completamente destruída — Mindy completa; o diretor Munchowzen parece surpreso. — Victor Sete nos contou essa parte. A pedra foi lascada em três partes indestrutíveis. E os duelfos espalharam as lascas no Abismo.

— Isso mesmo. — O diretor faz que sim com a cabeça. — Milhares de anos passaram. Impérios surgiram e desapareceram. E hoje, a magia é algo raro. Mas as três lascas ainda existem, e muitos aventureiros já saíram em sua busca para tentar juntar a Pedra dos Desejos e usar os dois últimos desejos.

— Uau... — Oggie sussurra de novo, maravilhado com a história.

— Por que Rake quer tanto a Pedra dos Desejos? — eu pergunto.

O diretor Munchowzen solta um longo suspiro.

— Muito tempo atrás, eu também desejei a Pedra dos Desejos. Mas eu ganhei sabedoria. Percebi que ninguém deve ter em mãos tanto poder, pois é muitíssimo perigoso. Foi a mesma conclusão a que chegaram os estrelinos. Mas Lazlar... Lazlar nunca aprendeu a lição. O tempo passou, e ele ficou ainda mais obcecado em conseguir a pedra. Para ele, seria seu grande troféu, o auge do que significava ser um aventureiro. Atingir o inatingível. — O diretor franze suas sobrancelhas cabeludas por baixo do chapéu. — Depois que ele se feriu... encontrar a pedra se tornou uma verdadeira obsessão. Agora Lazlar quer apenas curar suas feridas terríveis e se tornar todo-poderoso.

— Só tem uma coisa que eu não entendi — Mindy interrompe. — Por que a chave rúnica da tumba de Audrástica estava no cofre da escola? Rake disse que você roubou dele.

O rosto enrugado do diretor fica sombrio, e ele olha para o nada.

— Para mantê-la longe de Rake — ele afirma.

> Eu... eu não podia deixá-lo ficar com a chave.

> A chave rúnica era a relíquia que Rake estava procurando em sua última expedição fracassada... antes de...

A voz do diretor falha e ele engasga, com lágrimas brotando em seus olhos.

Nós nos olhamos em silêncio, pois sabemos exatamente de qual expedição o diretor está falando. Nós lemos sobre ela no último semestre, na biblioteca. Foi quando Rake levou um grupo de alunos da escola para uma jornada perigosa rumo ao Santuário Cintilante, que acabou em tragédia.

— Só Rake sobreviveu — eu murmuro.

— Vocês são espertos até demais. — Munchowzen nos dirige um sorriso triste. Ele pigarreia. — Isso traz à tona memórias antigas e terríveis. — Dá uma risada para aliviar a tensão. — Mas imagino que foi com inteligência que vocês conseguiram realizar feitos que alguns aventureiros nunca ousariam sequer sonhar. Afinal, ouvi dizer que todos vocês passaram na matéria de Runas e Enigmas do professor Scrumpledink! Parabéns!

— Não foi fácil — Ingrid diz, em nome de todos nós.

Munchowzen dá uma risada sincera.

— Eu bem me lembro de que Shane Shandar passou por pouco em Runas e Enigmas, com uma nota seis!

— Mentira! — Oggie se espanta. — Shane Shandar?

— É verdade! Ele nem sempre foi o maior aventureiro do mundo, sabiam? — Munchowzen se levanta e ajeita o chapéu e o casaco. — Mas vejam só o que acontece quando alguém se dedica de verdade.

Saindo do escritório, eu paro por um momento enquanto meus amigos saem em fila. Tem uma coisa que não sai da minha cabeça. Não tem nada a ver com Rake, com os exilados ou com a Pedra dos Desejos. Não consigo parar de pensar em Zeek e Axel, e no que pode acontecer com eles.

— O que foi, Cooperson?

— É que eu tava pensando… — eu hesito. — O que vai acontecer com Zeek e Axel? Eles serão expulsos mesmo?

O diretor Munchowzen faz uma careta.

— Ainda não há uma decisão tomada. Mas o que aqueles dois fizeram foi muito grave, e será levado muito a sério.

— Eu sei que eles fizeram besteira, diretor. Uma grande besteira. No entanto, sabe… talvez mais do que nunca Zeek e Axel estejam precisando agora do nosso apoio.

— Hum. Talvez você tenha razão, Cooperson — diz o diretor, com um sorriso apertado. — Eles têm sorte de ter um amigo como você.

— Não sei se adianta alguma coisa, mas posso dizer que no final eles fizeram a coisa certa.

Vou ao encontro de meus amigos e, de repente, damos de cara com um casal de bestas-feras adultas discutindo no corredor. Eles parecem não estar nem aí por fazerem uma cena, e simplesmente nos ignoram. Até que Daz dá um passo à frente, completamente pálida.

— Que bom ver você, querida! — A mãe da Daz vai com passinhos rápidos até ela. — Eu te procurei por toda a escola. Você está bem? Fiquei sabendo do que houve. — Instintivamente, a senhora Dyn passa a mão na cabeça de Daz, jogando seu cabelo para trás.

— O que está acontecendo? — Daz pergunta, confusa. — Por que vocês dois estão aqui?

O pai de Daz, então, se agacha ao lado dela.

— Olha, nós já conversamos sobre isso. Você vai morar comigo em Porto Lamoso. Você sempre gostou de praia, não é? E depois de toda essa loucura na Escola de Aventureiros, imagino que ficará muito mais segura lá! — O senhor Dyn a conforta, segurando-a pelos ombros com carinho.

Daz se livra dos pais e dá um passo para trás. Eu sei o que ela quer dizer, mas ela não diz. E então seus pais começam a discutir de novo.

— Não foi isso que nós combinamos, Clark — a senhora Dyn reclama. — Ela vai para Bogópolis comigo. Lá tem boas escolas, e ela poderá ficar mais perto da tia Delilia.

— E os primos Ari e Raz? — o senhor Dyn responde, fechando a cara. — Ela também merece ficar perto deles, não é, querida?

O bate-boca continua, e eu vejo Daz se encolher. Seus olhos se enchem de lágrimas. Eu sei que ela quer ficar na Escola de Aventureiros. E sei que quer que os pais parem de discutir sobre para onde ela deve ir. Daz me olha muito constrangida. Mas, tudo bem, eu sei qual é meu papel ali. Não posso mudar a situação, mas posso ser um bom amigo. Assim, faço a única coisa que me vem à mente. Dou um sorriso acolhedor, para ela saber que estou ali para o que ela precisar. Nós todos estamos. Não há motivos para constrangimento entre nós.

Com todas essas coisas passando na cabeça, tento transmitir meus sentimentos com um sorriso, e vejo Daz sorrir para mim também.

Fale para eles como você se sente, eu penso. Estamos aqui com você!

Daz se afasta e balança a cabeça.

— Eu não quero morar com nenhum de vocês.

De repente, seus pais param de discutir e olham para ela, surpresos.

— Vocês estão tão envolvidos com as próprias vidas que mal prestam atenção a mim. Poxa, já se passaram várias semanas desde o que aconteceu no baile de boas-vindas. Agora vocês querem que eu desista de tudo e vá embora?

— Querida, nós...

— Eu gosto daqui. Desde que eu era bem pequenininha, sempre quis ser uma aventureira de verdade, e este lugar é um sonho. — Daz olha para nós. — Eu tenho amigos aqui. Amigos de verdade que sempre estão ao meu lado.

Nós quatro acenamos, sem jeito, para os pais dela.

— Eu amo vocês dois — Daz afirma, com carinho. — Mas não me façam escolher. Não é legal. E, por favor, não me afastem dos meus amigos.

O senhor e a senhora Dyn parecem ter visto um fantasma. A expressão deles é uma mistura de vergonha e choque. Eles ficam lá parados, sem palavras. Depois de um momento de tensão, trocam um olhar e assentem. Não é um olhar de raiva ou irritação, mas simplesmente de preocupação com a filha. Os dois dão um abraço apertado em Daz, que começa a piscar, surpresa.

— Desculpe, filha! — A senhora Dyn tem lágrimas nos olhos.

— Eu e sua mãe te amamos mais do que qualquer coisa — diz o senhor Dyn.

— Minha pequena... — a senhora Dyn sussurra e dá um beijo na testa de Daz. — Estávamos tão ocupados com o trabalho e com nossos problemas... que não demos a você o que você mais precisava.

— Sua mãe tem razão, amorzinho. — O senhor Dyn abraça a filha. — Deveríamos ter sido mais presentes, e nunca ter colocado você nessa situação.

— Prometemos que vamos melhorar. — A senhora Dyn acolhe Daz entre seus braços e a puxa para seu peito. — Nós amamos você, aconteça o que acontecer.

— E se você quer ficar na Escola de Aventureiros, tem nosso apoio — o senhor Dyn completa.

— Sério?! — Daz quase engasga de surpresa.

— Sério — Os pais de Daz sorriem um para o outro, com olhares compreensivos e arrependidos, sem dizer mais nada.

Ao perceber que esperávamos por ela, Daz volta até nós.

— Por que vocês não vão sem mim? Acho que vou ficar aqui com minha família mais um pouco.

— Sem problemas — eu respondo. — A gente se vê mais tarde, tá bom?

— Tá bom. — Então, Daz se aproxima de mim. — Coop? Obrigada por tudo. — E aí, antes de eu entender o que estava acontecendo, ela vem em minha direção e me dá um beijo na bochecha.

Meu cérebro entra em curto-circuito por um segundo e, de repente, sinto vontade de sair pulando. Isso aconteceu mesmo? Daz me deu um beijo? Só um minuto depois eu percebo que todo mundo está olhando para mim.

— O que foi isso? — Oggie me dá uma cotovelada nas costelas.

— É, o que foi isso? — Mindy cantarola.

— Eu sabia que ela gostava de você. — Ingrid sorri.

Daz se despede com um aceno, e eu fico sem palavras para responder. Tudo o que faço é um aceno tímido, com a cabeça ainda nas nuvens, e fico vendo Daz se afastar pelo corredor com seus pais. É a melhor sensação do mundo, porque, apesar de todos os altos e baixos, isso significa que ela se reconectou com a família.

Passo o braço pelo ombro de Oggie.

— Quer saber? Acho que o próximo semestre vai ser o melhor de todos.

— Né? A gente salvou a escola e tal. — Oggie dá um sorriso de campeão.

— E nós passamos em todas as matérias! — Parece que Mindy vai explodir de orgulho.

— E fizemos novos amigos. — Ingrid dá uma piscadinha.

Tantas coisas estão dando certo... É verdade, Lazlar Rake e os exilados ainda estão soltos por aí. Porém, com o lendário Shane Shandar, o maior aventureiro de Eem, atrás deles, Rake e os exilados não têm a menor chance de escapar!

Sim, este semestre foi louco.

E o que será que vem por aí na Escola de Aventureiros?

# AGRADECIMENTOS

Gostaríamos de agradecer a Kara Sargent, Dan Potash, Valerie Garfield e o resto da equipe maravilhosa da Simon & Schuster que nos ajudou a dar vida a este livro: Mike Rosamilia, Chel Morgan, Sara Berko, Alissa Nigro, Nadia Almahdi, Nicole Valdez, Thad Witthier, Anna Jarzab, Michelle Leo e Christina Pecorale, junto com suas equipes.

Também gostaríamos de agradecer pelo apoio a nosso agente incrível, Dan Lazar.

E, é claro, um agradecimento especial a nossos queridos, especialmente Kieu Nguyen e Heidi Chen, além de Bug e Noodle.

Por fim, não podemos esquecer de nossos fiéis Magos de Eem, no Patreon, cujo apoio é tão importante para nós: Amir Rao, Darren Korb, Elliot Block, George Higgins, Stephanie Beaulieu, Mercy Lienqueo, Matthew Staniscia, Daniel Madigan Gwen Gwaine e Seventh Tavern.

LEIA TAMBÉM
Olá! Meu nome é Coop Cooperson, e esse é o meu diário de aventuras! E adivinha? Eu sou o único ser humano na Escola de Aventureiros!
A ESCOLA DE AVENTUREIROS
O LABIRINTO DE COGUMELOS
BEN COSTA & JAMES PARKS
MILK SHAKESPEARE
BEN COSTA & JAMES PARKS
1
A ESCOLA DE AVENTUREIROS

**ASSINE NOSSA NEWSLETTER E RECEBA INFORMAÇÕES DE TODOS OS LANÇAMENTOS**

**www.faroeditorial.com.br**

MILK SHAKESPEARE

ESTA OBRA FOI IMPRESSA
EM JANEIRO 2024